光文社文庫

長編推理小説

若狭殺人事件
〈浅見光彦×歴史ロマン〉SELECTION

内田康夫

光 文 社

目次

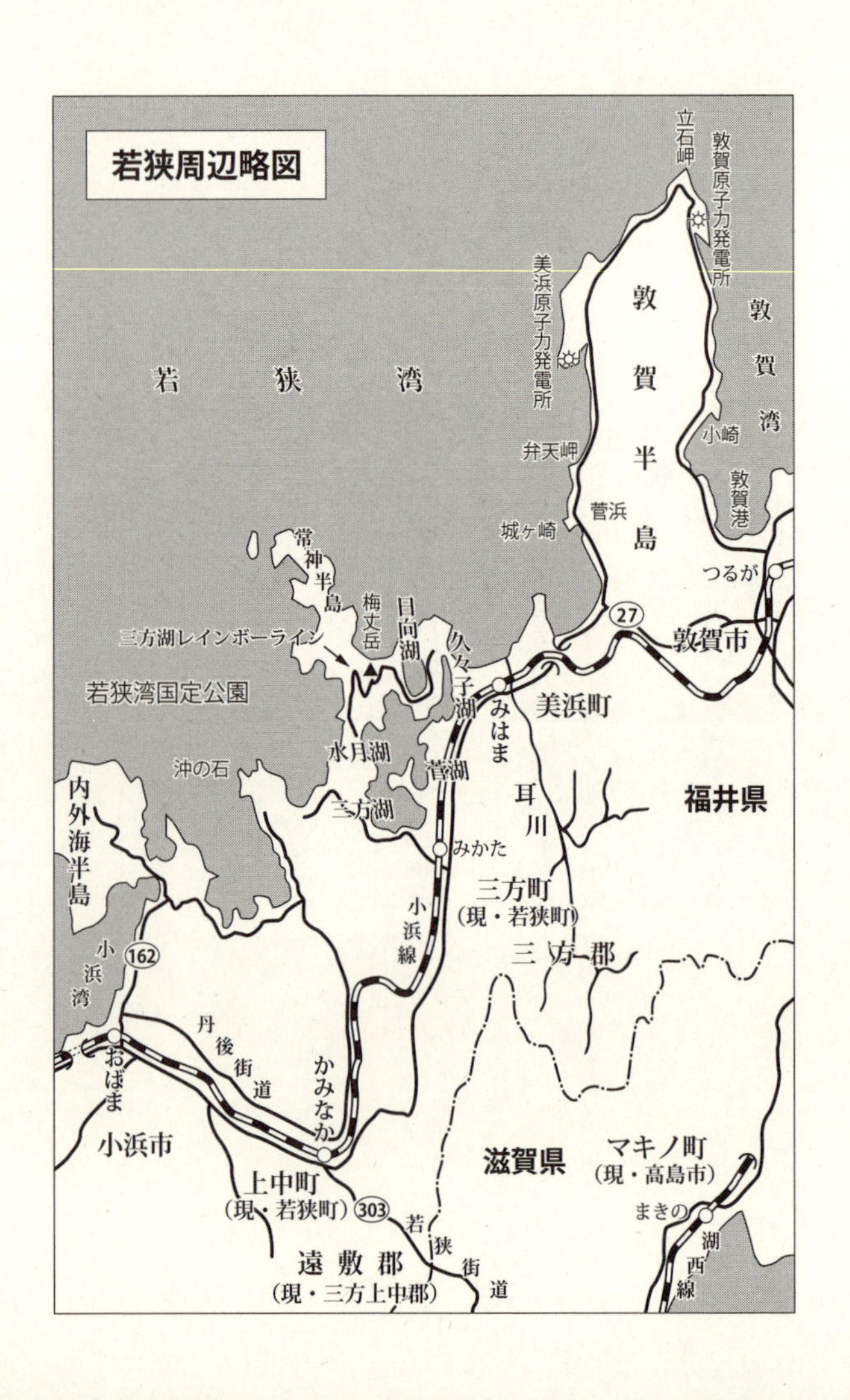
若狭周辺略図
立石岬
敦賀原子力発電所
美浜原子力発電所
若狭湾
敦賀半島
敦賀湾
小崎
弁天岬
敦賀港
菅浜
城ヶ崎
常神半島
つるが
梅丈岳
日向湖
27
三方湖レインボーライン
久々子湖
敦賀市
若狭湾国定公園
みはま
美浜町
水月湖
沖の石
菅湖
内外海半島
耳川
福井県
三方湖
みかた
三方町
(現・若狭町)
小浜線
三方郡
小浜湾
162
丹後街道
おばま
かみなか
小浜市
滋賀県
マキノ町
(現・高島市)
上中町
(現・若狭町)
303
まきの
若狭街道
遠敷郡
(現・三方上中郡)
湖西線

プロローグ

水中綱引きの当日——一月十五日は、未明からあいにくの雪であった。

昨夜は夜更けまで、冬にはめずらしく、かなり強い北東風が吹いていた。気象情報では、低気圧が東シナ海の九州付近にあって、そこに吹き込む風だとか言っていた。

その風が少しおさまったと思ったら、低気圧は頭の上をのんびりした速度で通過中らしい。風はさほどではないが、斜めに降りしきる雪は、ひとひらがとてつもなく大きく、ぼってりと重たげで、典型的な里雪型の大雪になりそうだ。

青年会会長の渡辺秀人と副会長の永井正は、朝から連れ立って旗借りに歩いていた。太鼓橋に吊るす大漁旗を集落のあちこちから集めるのが、日向の水中綱引き神事で、まず最初にやらなければならない仕事であった。

「雪は当分、やまんかなあ」

永井が憂鬱そうに空を見上げた。黒いジャンパーの肩にうっすらと雪が積もっている。

「駅長に頼んで、せっかく休み取って来たじゃけんどなあ、見物客が少ないんやったら、張り合いがないけなあ」

永井はＪＲ小浜線の美浜駅に勤めている。ただでさえ駅員の少ないところにもってきて、人出の多い祝日に欠勤するのは、かなり気のひけることだ。

「お客はそこそこ来てくれるやろ。よんべは『錦波』は満員やったそうやし」

渡辺は慰めるように言った。

錦波は日向の岬の海側にある大型の旅館である。収容定員は百名。日向には錦波のほかにも旅館、民宿が十軒ばかりあって、昨夜はどこも満員の盛況だったそうだ。むろんお目当ては水中綱引きだが、ふだんから、日向の宿は、若狭湾の鮮魚料理を楽しむ客で賑わっている。また、日向湖には独特のイカダ釣りがある。台風でもないかぎり、いつも穏やかな海水湖は、チンチンとよばれる小鯛釣りの中心で、大阪、名古屋方面からの常連客が絶えない。

「日向」と書いて「ヒルガ」と読む。

福井県三方郡美浜町日向――は、三方五湖のひとつ「日向湖」と若狭湾に挟まれた、細長い小さな集落である。地図で見ると、集落の家々は、日向湖岸の北岸を帯状――

というよりも、紐か糸で囲むように、細く長く連なっている。

日向には古代から人家があったことは知られている。「日向」の名の由来は、美浜町の隣りの三方町気山に鎮座する宇波西神社の祭神が、太古、日向浦に垂迹した際、日向国（宮崎県）橋坂山の景観がここの風景とそっくりであると神託したことによるとされる。近くに橋坂山という形のいい山もある。

水中綱引きの神事の当日、日向の長老たちが宇波西神社に詣でて、お祓いを受けるのはその故事に則ったものだ。

敦賀から小浜へ向かう国道27号線を、ＪＲ美浜駅付近で北西へ折れ、四キロあまり行くと、日向湖の北端に着く。美浜駅周辺の市街地から日向の集落の少し手前、観光道路の「レインボーライン」の分岐点までは広い道が通っているが、そこから先は極端に幅員が減少する。

日向湖の北端は日向川で若狭湾と接続している。「川」といっても、幅三十メートル、長さはほんの百メートルばかりの運河のようなもので、開口部といったほうがふさわしいかもしれない。

日向川の外の小さな入江の先には、防波堤が突き出して、日本海の荒波が直接寄せるのを防いでいる。

一見河口のように見える風景だが、日向湖は潮の干満にしたがって海水が流入流出する、いわゆる鹹水湖である。三方五湖のうち鹹水湖は日向湖のみで、東隣りの久々子湖は、汽水湖。その奥に連なる水月湖と菅湖も汽水湖だが、海域から遠ざかるごとに塩分濃度が下がり、さらにその奥の三方湖は淡水湖である。

日向の集落は、この河口の両側に、それぞれほぼ一キロばかり、湖岸にへばりつくように家々が並び、そのほとんどが漁業をなりわいにしている。

日向川を挟んで西の集落をニッショ、東側をデガンジョとよぶ。デガンジョとは「出神庄」のことで、前出の宇波西神社の祭神が、渡辺家の裏山に祀られ、「出神」とよばれていたことによる。青年会会長の渡辺は「出神」のある渡辺家の分家である。

日向の集落を通る道路は、おしなべて狭く、日向川に架かる橋を渡ってニッショに入ると、さらに狭くなる。

橋は水面からの高さが五メートルから八メートルほどの、コンクリートと石でできたアーチ橋で、通称「太鼓橋」とよばれる。日向の漁船はすべて湖の中に繫留され、太鼓橋をくぐって出漁する。潮の干満に拘わらず、いつでも出漁できるように、橋の桁下は十分な高さが必要なわけだ。

橋の下を流れる海水は透明度が高く、日向湖の内水域も東京湾の水よりはよほどきれいだ。日向の漁業は若狭湾の漁獲(ぎょかく)のほかに、湖内での養殖(ようしょく)漁業によって、四季の水(みず)揚(あ)げが安定している。日本海側の中では比較的気候が温暖だし、風光明媚(ふうこうめいび)な三方五湖をひかえ観光客も多く、経済的にも恵まれた土地柄といっていい。

日向の水中綱引き神事は、史料に明らかなだけでも六百年以上も昔からつづく、国指定の無形民俗文化財(むけいみんぞくぶんかざい)である。毎年一月十五日、太鼓橋の下で行なわれ、この日はどんなに天気がよくても、日向の漁民たちは出漁は休み、総出(そうで)で神事を盛り上げる。

午前中には旗集めも終わり、漁業の神様である稲荷(いなり)神社脇(わき)の、「長床(ながとこ)」とよぶ集会所に、水中綱引き神事に参加する若者たちが十四人揃(そろ)った。

地元在住者は、JRに勤める副会長の永井以外は、ほとんどが漁業に従事しているか、漁業者の息子だが、中には東京から成人式のために帰ってきた大学生や、他府県から急遽(きゅうきょ)、この行事のために舞い戻った連中の顔もあった。

末席(まつせき)のほうには高校生が二人と、ことしはじめて参加する中学生が一人いる。これでどうやら、後継者はつづきそうだな——と、長床の様子を覗(のぞ)きに来た世話役の正木(まさき)老人はご機嫌(きげん)だった。

しかし、これでも、以前と較(くら)べればずいぶん寂(さび)しくなったものである。年寄りの話によると、昔は五十人からの若い衆が、前の晩のうちに長床に繰り込んで、一升壜のドブロクを回し飲みして景気をつけたそうだ。いまは日向じゅうの若者を集めたってせいぜい三十人。真冬の海に飛び込むような威勢のいいのは、年とともに減るいっぽうだ。

人数が揃うと、すぐに綱の製作にとりかからなければならない。太さ三十センチ、長さ四十メートルという途方もない大綱である。天井から吊るすようにして、「ヨイヤシャ、ヨイヤシャ」の掛け声とともに、四人がかりでワラをなう。

別働隊は太鼓橋に大漁旗を飾りに出る。そのころになると、そろそろ見物人が集まってくる。マスコミ関係の取材カメラもいくつか入っていた。

雪は相変わらず霏々として降りやまない。

「この分やと、人出はいつもより少ないかもしれんわねえ」

橋のたもとの食料品店のおばさんが、眉に雪を載せて、灰色の空を見上げた。

飾りつけが終わるころ、潮の流れが速くなった。小さな灯台の建つ防波堤のほうから、落ちては消え、落ちては消える雪を浮かべた満ち潮が、水路を通って日向湖へ貫流してくる。水路の底にびっしり生えた海草が、いっせいにゆらゆらとそよいで、水底になびき伏した。

大綱を担いだ若者の集団がやってくる。いずれも白いパンツ一丁、頭には赤い鉢巻を結んでいる。橋の東詰めに立つコンクリートの柱に、一方の端を結びつけると、大綱は掛け声もろとも、水路に投げ出された。

おくれじとばかりに、太鼓橋の中央の、もっとも高さのある辺りから、若者たちが次々に飛び込んだ。

水しぶきが上がるたびに、見物人たちはドッとどよめきの声を挙げ、口笛を鳴らし、盛大な拍手を送る。

最後に青年会会長の渡辺秀人が頭から飛び込んで、大綱の垂れたところに浮き上がると、全員が大綱にしがみつくようにして、対岸の方向へ引っ張った。人間同士の綱引きではなく、あたかも大地を相手に綱引き合戦をしているようにも見える。

じつは、日向の神事では、大綱は大蛇の象徴なのである。かつて、日向の河口に大蛇が現われ、漁師たちを苦しめた。そこで、稲荷大明神のお告げにしたがい、大蛇の倍もある大綱を作って水路に投げたところ、それをおそれて大蛇が退散したという伝説に基づいている。

若者たちは大綱の大蛇に挑みかかり、しばらくは引いたり、毟ったりして見物人を喜ばせる。そして最後は歯で食いちぎり、さしも太い大綱を切断、勝鬨を挙げて神事は終わる——はずであった。

だが、大綱がまだ切れない状態のときに、異変が起こった。

「おい、誰か沈んで流れとるで。死んどるんじゃないか？」

橋の上から覗き込んでいた、正木老人が、ふいに甲高い声で怒鳴った。見物人は誰もが綱切りのほうばかりに気を取られていたから、老人が指差しているほとんど真下といっていい辺りには気づかなかった。

橋のほんのわずか上流の水底に、たしかに人間の姿があった。俯きの恰好で、白いシャツに灰色っぽいズボンをはいている。水中綱引きの神事に参加する服装としては、適当ではない。それに、潜水にしては、あまりにも長すぎる。正木老人が言ったとおり、それは明らかに死体であった。

死体は、海側から湖内へと、潮の流れよりははるかに遅い、ゆっくりしたスピードで流れてゆく。遅いのは、ときどき、水底の海草に引っ掛かるせいかもしれない。

水中綱引きの連中は無我夢中で綱切りに精を出しているから、陸上の騒ぎには気がつかない。わずかに残っていた綱を噛み切って、観衆の喝采を浴びようと陸を見上げたら、正木老人の金切り声が、「誰ぞ潜って、死体を見てこいや」と怒鳴った。

何のことかよくわからないまま、永井正が綱を離れて水中に潜った。永井はカエルのように、巧みに泳いで、水底を流れる死体に接近したかと思ったら、慌てふためいて浮かび上がった。

「死人や死人や、男が死んどる！」

寒さのせいではなく、顔が青ざめ、歯をガクガクさせながら叫んだ。もっとも、その報告は、すでに周知の事実を追認しただけだから、観衆はあらためて驚きはしなかった。

近くに待機していた交通整理の警察官からの連絡で、敦賀署から三十人あまりの捜査員が駆けつけることになった。

雪はいくぶん小止みになったが、それと同時に北西の冷たい季節風が強まった。

本隊が到着するまで、現場を保存するようにとの警察官の指示はあったが、死体を放っておくと湖内に流れていってしまうので、とりあえず、死体を水中にあるまま、岸壁の電柱にロープで繋いでおいた。

「殺しやな、これは」

駐在所勤務の初老の巡査長が、ボートで間近に死体を見て、断定した。素人目にもわかるような裂傷が、後頭部にあった。駐在がいちどだけ、死体を仰向けたとき、白く濁った眼が陸上の野次馬を睨んだ。悲鳴のようなどよめきに、駐在は慌てて死体を元どおり、俯せに戻した。

こうして、水中綱引きの神事で賑わう、陽気でのどかな日向浦は、殺人事件の現場へと一変したのである。

第一章　ミステリー同人

1

殺される日の朝、細野久男は珍しく妻よりも早く起きた。

妻の菊代は、カーテンを閉めたままの薄暗いキッチンに、ぼんやりつっ立っている夫の姿に、一瞬、幽霊でも見たようにギクリとした。

「どうしたの、こんな時間に？」

驚かされた腹いせに、菊代はきつい声でそう言った。

「ああ、ちょっと気になることがあってさ。目が覚めちゃったから」

細野は元気なく答えた。

「気になるって、何？　仕事のこと？」

「いや、そうではないが……」

「あまり仕事、熱心にしないほうがいいんじゃないの。どうせ、あの会社にとって、社員なんか使い捨てみたいなもんなんだから」

菊代も十年前までは、細野と同じ会社で五年間、デスクを並べていたから、社内事情には通じている。広告代理店という業種は、流行に敏感な若い人材によって動いているといっていい。三十代もなかばを過ぎると、感覚が古くなってくる。ことに、企画部だとか制作部だとか、クリエイティブ関係の仕事についている連中は、四十歳を超えたらもっぱら管理の仕事に回される。

細野久男も来年は四十歳だ。そろそろ身の振り方を考えなければならない。男の厄年といわれるように、この時期は女性の更年期に似て、体調に異変をきたしたりして、いろいろ思い悩むことも多いものである。

「そう熱心でもないんだけどね」

細野は言い訳のようなことを言って、洗面所へ向かった。

「それもそうね」と、菊代は細野に聞こえない程度の声で呟いた。

仕事熱心にやってくれていれば、いまごろはもっと楽ができたのに——と不満なのだ。小説書きだなんて、ものになるアテもない願望を抱えて、結局あの人は何もしないまま朽ちてゆくのよ。見果てぬ夢を見た本人はいいけれど、それに付き合わされた私と清佳はいい迷惑。こうなったら、一日も早く、あの人が才能のないことに気づいてくれることを祈るばかりだわ――。

もっとも、そう思う菊代にしたって、かつては細野の文才に期待したことは事実だ。入社したてのころの細野の書く文章は、広告やＣＭコピーに慣らされ毒されていた菊代の目には、キラキラと朝露のように輝く、新鮮な魅力があふれて見えた。

（この人はちがう――）

そう思った。周囲の男どもがみな色褪せてしまった。

デートのたびに、細野は文学を語り、小説家としての未来を語った。そんなテーマで会話をする人間など、それまでの菊代の世界には一人もいなかったのだ。

私はこの人に賭けるわ――と結婚して、それから何年間かは、細野と夢を共有する日々を送った。

しかし、それもいまは遠い日に見た幻覚のような気がする。細野の書いた小説は、どれも私小説風のものばかりで、内容に斬新さもない。細野自身、そのことに気づいたものか、次第に作品を菊代に読ませることをしなくなった。ここ数年、細野が小説を書き上げたかどうかも知らない。残酷な言い方をするようだけれど、あの人には、才能はなかったのだ――と、そう思う。所詮、人間とは錯覚を心の糧に生きてゆく動物なのだ。

一人娘の清佳が、私立の女子中学へ通うようになってから始めた朝シャンを終えるのに合わせて、テーブルの上に、いつもどおりのハムエッグとトーストとカフェオレの朝食が並んだ。

細野は新聞を見たり、点けっぱなしのテレビを観たりしていたが、食欲はなく、カフェオレをひと口啜っただけで立ち上がった。

「今夜、たぶん遅くなる。樹村さんのパーティだから」

「あら、またなの」

道理でめかし込んでいるわ――という目を夫に向けて、菊代は仏頂面をした。夫の趣味的な付き合いで行くのに、会費を八千円も払うのが気にいらないのだ。

「またって、一年に一度か二度じゃないか。うちの社にとって、二番めの大スポンサーだし、それに、『対角線』でお世話にもなってる先輩なんだし」

細野は気弱そうにそっぽを向いて、それでも精いっぱいの抵抗を見せた。『対角線』というのは、細野が参加している同人雑誌のことである。

「パパのあの本、このあいだ学校へ持っていって先生に見せたわ」

清佳がトーストを頬張りながら、モゴモゴした口調で言った。

「ふーん、何て言ってた、先生？」

「つまらないって。だけど、パパのだけはよく書けているって」

「生意気なことを言うやつだな」

「いいじゃない、褒めてくれたんだから」

「べつにそんな連中に褒めてもらわなくてもいいよ」

「あなた」と菊代が横槍を入れた。

「清佳の前で先生のことを、そんな連中だなんて言い方、しないでくれない」

「ん？　ああそれはそうだが……だけど清佳、言っとくが、これからは勝手に『対角線』を外に持っていくな」

父親は気分を害したことをわからせるように、思いきり顔をしかめて見せてから、玄関へ向かった。

「あまり遅くならないでよ。寝入りばなを起こされて、ドアチェーンを外す身にもなってほしいわ」

菊代は、恨みがましい声を、夫の背中に投げかけた。

実際、夜遅く帰った夫を迎える彼女の様子は、いかにも辛そうだ。痩せぎすで異常に色が白く、まるで幽霊のように見える。神経性の胃弱と、ホルモンのバランスが崩れているとかで膵臓に欠陥があって、慢性的に体調が不全な体質なのだ。

清佳を産むとき、医者に無理かもしれないと言われたのだが、細野は何が何でも産んでほしいと強要した。「いのちがけでも?」と菊代に訊かれ、「ああ」と答えた。

そのときのツケが、いま物を言っている。細野は夫としての威厳を、そのときのひと言で使い果たしてしまったように、菊代に対しては頭が上がらない。

「十時までには帰ってね」

菊代は念を押したが、細野は振り返らず、「ああ、わかった」と、右手を軽く振ってみせただけであった。

それが菊代と清佳が細野の姿を見た最後になった。もし、彼らがそのことを知っていれば、もう少し優しい会話を交わしていたかもしれない。

細野は会社には、ふだんどおり九時二十八分に着いている。

勤務先は広告代理店の『D企画』、銀座六丁目の昭和通りに面したビルにある。ビルは自社のもので、その一階から六階までをD企画が使っている。その四階が彼の勤務場所であった。

D企画は上位十社の中につねにランクされる中堅の広告代理店で、社員数は東京の本社と全国に散らばる支社、営業所などを合わせると、千人を超える。もともとは電車の中吊り広告の扱いが主体だった会社だが、三十年前ごろからテレビの普及と足並みを揃えるようにして急成長を遂げた。

D企画はコネ以外にはほとんど新卒を採用しない。政治家のコネやスポンサー筋の子弟を入社させることによって、会社の営業成績を伸ばしてきた。

細野も、K大学文学部の先輩である樹村昌平のヒキでD企画に入社した。

樹村は洋酒メーカー『S』の宣伝部に籍を置きながら推理小説を書いている男である。いわゆる二足のわらじだが、そのどちらの分野でもなかなかの活躍だ。まだ四十三歳になったばかりだが、宣伝コピーで鍛えた、簡潔で才気あふれる文章は、若い人ばかりでなく、年配のミステリーファンにも高く評価されている。

もともと『S』の宣伝部といえば多士済々で知られ、作家や画家、作曲家の大物が、何人もここから輩出している。

樹村も文才に長け、広告コピーでは数々の名文句をつくり出して、この世界ではちょっと知られた存在である。目下のところ『S』からもらう給与がきわめてよく、対照的に原稿料が安いものだから、当分『S』を辞めるつもりはないが、いずれは専業作家になるのが目標だ。

細野は樹村のコネを活用して、『S』を担当させてもらっている。『S』が発行するパンフレット類の制作進行――というと聞こえはいいけれど、ほとんど雑務に近いような仕事である。

樹村と同じように、細野も将来は作家になるつもりでいる。中学時代から文章は得意だったし、高校のときは文芸部の部長を経験した。大学のころは、あちこちの雑誌の新人賞に応募しまくって、何度か予選を通過したこともある。うまくすれば在学中にデビューできるかも――と目論んだが、結局いつも、彼自身の言葉によれば「惜しいところで」長蛇を逸しつづけた。

細野は樹村の幸運を羨むいっぽうで、ひそかに（あんな推理小説ごとき――）と軽蔑していた。自分の目指すところは、あくまでも文学そのもので、現在は『対角線』の同人に名を連ねているけれど、これは樹村に義理を立てた、いわば仮の姿であって、売文のような作品など、この指が腐ったって書く気がしない――と、矜持だけは高かった。

会社に出てまもない午前十時半ごろ、細野は諏訪江梨香に電話をかけている。

2

「細野です」という声を聞いたとき、諏訪江梨香は（いやだな――）と思った。細野の電話はいつも長くなる。

「樹村さんのパーティ、行く？」

細野は例によってゆっくりした口調で言った。

「そのつもりですけど。細野さんは？」

「どうしようかと思ってさ。だけど、諏訪さんが行くんなら、おれも行こうか？」

江梨香が行くことと細野と、どういう結びつきがあるのかわからなかったし、「行こうか？」と訊いたのが、細野自身に対してなのか、それとも江梨香に問いかけたものなのかあいまいだったから、江梨香は返事をしないでいた。

「前田は来るのかな？」

細野は前の質問に回答が出ないまま、また質問を発した。

「知らないけど、来るんじゃないですか。あのひと、いつも出てるし」

「だよな、樹村さんにピッタリくっついているものな。な？」

語尾にまた、こっちに訊いているような言葉を付け加える。細野はいつもそうやって、相手にゲタを預けるような言い方をする。それに下手に相槌を打とうものなら、江梨香がこう言っていた——という噂が、たちまち流れる。第一、樹村にピッタリくっついているのは、前田よりむしろ細野のほうなのだ。

「私は出るつもりです。出席の葉書も出しちゃったし」

江梨香は少し早口になって言った。課長がメガネ越しにこっちを見ている。私用電話にうるさい男だ。

「あ、ごめんなさい、仕事中ですから、電話切ります」

「あ、ちょっと、このあいだの……」

細野は追いすがるように言っていたが、後のほうの半分は、置いた受話器の中で消えた。

そんなことを言っていたくせに、細野はパーティ会場には現われなかった。

樹村昌平の出版記念パーティは賑やかだった。京王プラザホテルの宴会場で、およそ百二十人もの参会者は、三時間あまりを楽しんだ。

会の構成は樹村本人が考えたもので、樹村は、自らマイクを握って進行役も務めた。ユーモアをまじえた喋りは、なみの司会者よりはるかに達者だ。

いつもそうだが、樹村のパーティは、ただ集まってワイワイやって、食って飲んで——というのではなく、知的ゲームなども織り込んだ、いかにも推理作家らしいパーティであった。洋酒会社だけに、ワインやブランデーの景品がふんだんに提供されている。会場は終始、笑い声が絶えない。

樹村が書く推理小説には、彼の陽気な人柄そのまま、明朗闊達な内容の作品が多く、おどろおどろしい殺人事件を描いても、少しも暗くならない。それが樹村昌平の人気の源泉といってよかった。

樹村の周囲には、そういう人柄と作品を慕って、つねに人が集まった。

樹村昌平はかつて、同人誌『対角線』の会員だった。樹村がそうであったように、『対角線』には、できれば推理小説を書きたいと考える仲間が多く、江梨香もその一人だ。江梨香が入会したときには、すでに樹村はプロ作家になって、会を抜けていたが、OBとしてときどき『対角線』の会合に顔を出す。会費以上のものも提供するし、会員に出版社や編集者を紹介してもくれる。江梨香はエッセイの投稿をきっかけに知り合った編集者に樹村昌平を紹介され、彼を囲む集まりに参加するようになった。

パーティ会場には、細野が電話で気にしていた前田正和が来ていた。歳は樹村と同じで、タレント手記のゴーストライターなどをしている。口髭をたくわえた見るからに気のいい男で、後輩の面倒(めんどう)をよく見る。『対角線』の同人の中では、江梨香はいちばん親(した)しくしている。

「細野は来ないのかな？」

江梨香の顔を見るとすぐに寄ってきて、訊いた。

「朝、電話で来るって言ってましたけど、まだですか？」

「ああ」

前田が何となく気がかりそうな、浮かない顔で言うので、江梨香も気になった。

「何かあるんですか、細野さん」

「いや、一昨日(おととい)会ったとき、妙(みょう)にしょぼんとしてたからね」

「そういえば、電話の感じも変だったかもしれない。どうしたのかしら？」

「『まずいことをした』とか、『まずいことになった』とか言ってたよ」

「まずいこと？　何、それ？」

「いや、それしか言わないから、何のことかわからないけど」

それだけで、細野の話は切り上げた。パーティの最後を盛り上げるビンゴゲームが始まって、配(くば)られたカードの数字を消すのに、神経が集中した。

前田やほかの仲間に二次会を誘(さそ)われたが、江梨香は断(こと)わって帰宅した。

その日――正確にいうと、一月十日午後八時半ごろ、細野久男は殺された。あとで考えると、江梨香が前田と細野の噂をしていたころのことである。

翌日は土曜日で、江梨香は九時ごろ起きて、砂糖を入れないコーヒーを一杯だけ飲んで、洗濯を始めた。

江梨香の独り暮らしは、もう三年になろうとしている。家は茨城県の岩間町で、大学の三年までは日暮里の叔母の家に下宿させてもらっていた。叔母は江梨香の父親の妹で、何年か前に夫に死なれて、日暮里の古い家で独り暮らしだったから、話を持ちかけたときには、「用心のためにも歓迎だわ」と言ってくれた。叔母は男っぽい性格で、その点、江梨香と似たところがあった。むかしは文学少女だったというのも、江梨香とウマが合いそうな気がした。

しかし、一緒に暮らすようになると、似た者同士というのは、かえって相手のアラが自分自身の投影のようにうとましく見え、鬱陶しく思えてくるものだ。そのときの経験が、それ以後の江梨香の対人関係に影響している。趣味や意見や気の合う相手とは一線を画す――という主義である。だから、ボーイフレンドはできても恋人はできないという、われながら妙に依怙地な女になってしまった。

とにかく行儀や規則にうるさい叔母だったが、いやだいやだと思いながら、それでもなんとか我慢に我慢を重ねて下宿していた。

三年めのクリスマスの晩、午前一時過ぎに帰ったら、閉め出しを食った。チャイムボタンの電源を切ってあって、呼んでも叩いても、うんともすんとも応答してくれない。

「十一時まで待ったのだけどね。電話ぐらいしてくれてもいいんじゃないの」

終夜営業のスナックで一夜を明かして、朝帰りした江梨香に、叔母は冷ややかに言った。門限が十時で、それが下宿の条件の一つになっていた。

たしかに電話をしなかったのはこっちの落度だけれど、ついしそびれるっていうことだって、あるわけだし——と、江梨香は腹が立った。

事実、不運なことに、腕時計が故障していた。ヨドバシカメラで四千円で買った安物だから、文句は言えないが、とにかく、パーティの最中、ふと気がついたら十一時を過ぎていたのだ。

もう寝てしまっただろうな——と、叔母の寝つきのよさを思って逡巡しているうちに、たちまち十二時を回った。そういう事情なのである。

なのに、叔母は「約束を守れないいんじゃ、うちに置いておくわけにいかないわね」と、冷たく宣告した。まあ、そのくらい、いやみなお灸をすえて、江梨香が平謝りに謝れば許すつもりだったのかもしれない。

江梨香はしかし、カーッと頭にきた。いまどきの娘に十時の門限を課すなんて、時代錯誤もいいところだ。それならこっちからおん出てやるわ――と、次の日、荷物をまとめて飛び出した。叔母は慌てふためいて、引き留めにかかったが、あとの祭りである。

大学の残り一年間は、安アパートを借りて過ごした。以来、叔母の家とは絶縁状態がつづいている。両親は叔母からの一方的に非難中傷で固めた報告を鵜呑みにはしなかったらしい。一応、かたちだけは江梨香のわがままを叱ったけれど、叔母とも仲違いする結果になった。

大学を出て商事会社に入った。夏のボーナスを敷金にして、名ばかりとはいえ、郊外のワンルームマンションに引っ越した。いよいよ華のOL生活が始まったわけだが、実態はテレビドラマで観るような、楽しいものではなかった。

だいたい、あのテレビドラマの若いサラリーマンたちは、どうすればあんなリッチな暮らしができるのだろう？

広い部屋、パステルカラーに統一されたインテリア、大きな鏡のついたバスルーム、ウェッジウッドのコーヒーカップ、バカラのブランデーグラス。タレントそっくりの男の腕の中で目覚めた目に眩しい、朝の陽射しに揺れるカーテン……。

会社は新宿副都心の高層ビルのオフィスで、ピカピカのフロアにゆったりした空間をとってデスクが並ぶ。日に二、三時間、パシャパシャとOA機器のキーボードを叩けば、とりあえず恰好がつくらしい。あとは暇つぶしに、ビルの地階にある喫茶ルームで会社の男どもの品定めと、海外旅行プランで話題沸騰。五時から先は会社の前まで迎えに来た恋人の外車に乗り込んで、颯爽と六本木あたりに繰り出す——なんて、そんな人生、どこにもありはしなかった。

江梨香が勤める『日明物産』は、商事会社としては歴史もあり、かなり大手に属すのだが、それだけに古い体質を引きずっているようなところがあった。ことにマナーにやかましく、電話の受け答えはもちろん、お茶の出し方、敬語の使い方、デスクに肘をつくな、脚は組むな、椅子に坐ったまま、後ろ向きに喋るな、体をねじ曲げてもだめ——と、これじゃ、叔母の家の門限十時のほうが、よっぽどましだ。

仕事の量もけっこう多く、とてものこと、アフターファイブを楽しむ余裕なんかありっこない。たいてい一時間は残業で、早朝会議用の愚にもつかないような書類を三十部もコピーさせられたりする。

もっとも、要領がよくて意志の強いコは、堂々と「定時で帰らせていただきます」と宣言して、さっさと引き上げる。そういうコは決まって容姿端麗だから、男どもも文句は言えないらしい。

　去年の春、江梨香より一年遅れて入社した長谷川希美というコなど、いきなり役員秘書に納まった。

　どこだかの大会社の重役令嬢だそうで、たちまち全社の男どもの垂涎の的になった。あわよくば「逆タマ」を——と狙って、露骨に擦り寄ってゆく男も少なくなかったが、重役のひとりが、「彼女は元皇族の令息と縁談が進んでいるよ」と洩らして以来、野望を失った彼らは、遠くから長谷川希美を伏し拝んでいる。もちろん、お茶汲みなどさせるどころの話ではない。

　彼女がべつに悪いわけではなく、ひょっとすると、世の中とは、会社勤めとはそういうものだと思っているのかもしれない。そう思えてしまうほど、憎めないところのあるコだが、それにしたって、生まれながらエエトコのコで、しかも美人だなんて、まったく神様も不公平なものだ。

　だからといって、江梨香は自分が醜女だなどとは思っていない。まあ十人並みかな——程度の自信はある。ただし化粧は下手だし、ファッションセンスはいまいちかなと自覚している。センスというのは捉えどころのない不思議なもので、こればっかりは工夫してみても、いや、工夫すればするほど、泥沼にはまったように不細工な恰好になって、人目につくのが億劫になるばかりだ。

　日明物産は、実際の内容はともかく、ネームバリューはあるし、経営もしっかりしている会社だから、学生のあいだではかなり評判がいい。ことに女子学生にとっては狭き門だが、江梨香は筆記試験をトップで合格した。面接のとき、試験官が成績表と顔を見比べて、妙に納得したように、「女性は結婚して辞めてしまう人が多いのですが、あなたなら、将来は当社の幹部を目指していただけそうですな」と言った。

　そのときは褒められたものと思ったのだが、意味をはき違えたようだ。この色気のない女なら、オフィスラブとも無縁だろうという意味だったにちがいない。

　入社したてのころはもちろん、いまでもときどき、会社で「きみ、どこの出身？」と訊かれる。

「岩間です」

「イワマ？」

「ええ、茨城県の岩間。涸沼に近い」

「ヒグマ？」

「ヒグマじゃなくて涸沼です。ヒ・ヌ・マ」

「ふーん、そうなのか、ヒヌマの近くのイワマねえ……」

訊いた男のほうは、まじまじと、不思議な生き物でも見るような目をして江梨香を眺め、「やっぱりねえ」とでもいうように、そっくり返る。

「ばかにしないでよ」と言いたくなる。

あの有名な涸沼も知らない自分の無知を棚に上げ、こっちの田舎くささを憐れんでいるつもりの相手に腹は立つけれど、わが身のセンスのなさは、出身地の岩間のせいかもしれない——と、江梨香もそれほど自信があるわけではなかった。

まったくの話、江梨香はこれまでの二十数年間、男にもてた経験がない。学校生活を通じて、江梨香は「勉強のひと」というレッテルを貼られつづけてきた。中学でも高校でも、なみいる男子生徒を押し退けて首席を貫いた。大学に入ってからはランクづけがさだかではなくなったけれど、男子学生に一目置かれる状態には変わりはなかった。

一目置くのはいいのだが、それに倍する距離を置かれるのがつらい。その距離や溝を埋める方法——たとえば媚のようなものを、江梨香は持ち合わせていない。せっかく親しげに接近してきた相手に、何やら胡散臭い底意がありそうなのを嗅ぎ取って、つい白けたことを言ってしまう。「智にはたらけば角が立つ」を地でいっているようなものだから、男だって寄りつきにくい道理だ。

3

ウィークエンドを、独り寂しく洗濯で過ごしているようでは、また今年もいいことなしに終わるのかもね——と、ぼんやり物思いに耽り、そろそろスパゲティでも茹でようかなと思ったころ、チャイムが鳴った。

ドアスコープを覗くと、人相のよくない男が二人、立っていた。チェーンをしたままドアを開けて、ドアの向こうに「どちらさんですか?」と訊くと、少し年配のほうが「ちょっとお訊きしたいことがありまして」と頭を下げ、ポケットから手帳を出して見せた。

(刑事——)

江梨香はドキリとした。ミステリーを書いているけれど、実物の刑事を見るなんてはじめての経験だ。映画やテレビドラマで、やたら走り回るだけの、ばかで軽薄な刑事ではなくて、これは本物なのだ。怖いものみたさのような、好奇心が疼き、すごいことですよ、これは——と胸が高鳴った。

ドアを開けて刑事を中に入れると、挨拶抜きで「細野久男さんをご存じですね?」といきなり訊かれた。

「ええ、知ってますけど」

答えた瞬間、江梨香は背筋がぞーっと寒くなった。虫の知らせ――などというのではない。推理小説の世界では、刑事がそういう現われ方をすると、たいてい、誰かが殺されたケースが多いからだ。

「細野さんの身に何かあったんですか？」

江梨香は急き込んで訊いた。

刑事は顔を見合わせた。江梨香の反応を見て、何かを知っているように受け取ったのだろう。江梨香も言ってから、（まずかったかな――）と思った。

「じつは、細野さんは昨夜、殺害されましてね」

「やっぱり……」

江梨香はまたよけいなことを口走ってから、絶句した。これでは、ますます刑事を喜ばせることになりそうだ。

「ほう、すると、何か心当たりがあるのですか？」

案の定、刑事はこっちの言葉尻をとらえるように、言った。

「そうじゃないですけど、刑事さんが来て事情聴取をするのだから、きっと事件にちがいないと思ったんです」

「なるほど」

刑事は頷いた。

江梨香は矢継ぎ早に質問を放った。

「細野さんはいつ、どこで、どうして殺されたのですか？　犯人は誰ですか？」

「そういうことをお訊きしたいのは、こっちなんですがね」

刑事は苦笑しながら、ジロジロ室内を見回している。本棚には推理小説や薬物図鑑、法医学関係の書物などが並んでいる。若い女性の部屋にしては、色気にとぼしい。むしろ、どちらかといえば犯罪指向型のオタク人間にこそふさわしい。

「細野久男さんが殺害されたのは昨夜でして、死体が発見されたのは午後十一時前後、場所は高島平近くの路上です。死因は絞殺でした」

「絞殺……」

江梨香の脳裏には、苦悶で歪む細野の顔が浮かんだ。

「殺害の動機は何ですか？　強盗ですか？　それとも怨恨？」

「さあ、それはまだわかりませんが、諏訪さんには心当たりはありませんか？」

「えっ、私に、ですか？　ありませんよ、そんなもの。それより、どうして私のところにいらしたのですか？」

「被害者の上司の方にお話を聞いたところによると、昨日の午前十時過ぎごろ、細野さんは会社から諏訪さんに電話をしていたそうですが」

「ええ、そうですけど……」

江梨香はさすが警察のやることは早い——と感心した。

「そのときの電話の内容はどういったものでしたか？」

「べつにどうって……ああ、そうそう、パーティに出席するかどうか、聞かれました。樹村昌平さんて知ってますか、推理小説を書いていらっしゃる人ですけど」

「まあ、知っておりますが」

「その樹村さんの出版記念パーティが、新宿の京王プラザホテルであったんです」

江梨香は樹村のパーティのことを説明した。

「細野さんも出るって言ってたんですけど、顔を見なかったので、どうしたのかなって、ほかの人とも話してました」

「そのパーティというのは、何時から何時までですか？」

「六時ごろから始まって、九時ごろまでだったと思いますよ」

「あなたはそこにずっといたのですか？」

「ええ、最初からお開きまでいました……えっ、じゃあ、死亡推定時刻はその辺なんですか?」

「そうです。八時から九時ごろのあいだと思われます」

「そうだったんですか……それで私のアリバイを確かめているんですか? いやだなあ……」

「いや、べつにあなたを疑っているわけじゃありません。単なる手続きみたいなものですから」

刑事はニヤニヤ笑いながら言った。話すのはもっぱら四十歳前後の年配のほうで、若いほうの刑事は黙って、手帳にメモを取る作業に没頭している。

刑事はそのあと、細野と江梨香の関係を訊いた。関係といったって、特別に個人的な関係があるわけではない。たまたま、面白半分に入会した『対角線』の同人に細野がいただけのことである。

事情聴取が終わって、刑事が手帳を畳んだので、今度は江梨香のほうから刑事に、事件の状況について訊いた。しかし、刑事は詳しいことを話してくれずに、そそくさと引き上げていった。

4

事件のことはその日の夕刊にも出たし、テレビニュースでも流れたが、あまり詳細ではなく、せいぜい、刑事が話していた程度の内容であった。『対角線』の同人の何人かから、江梨香のところに電話があって、おたがい驚きを表明しあった。彼らの中の誰一人として、悲嘆にくれるような者がいないのは、細野の日ごろの付き合いの悪さのせいかもしれない。むしろ、刑事が来たことを面白がっているのが多いのだから、同人雑誌の仲間なんて、所詮は冷たいものである。

しかし、とりあえず明日の日曜日、同人の幹部連中は細野家にお悔みに行こうという話がまとまったようだ。それから、次回の月例読書会を、細野久男の追悼集会というかたちでやろうということになった。

追悼集会だなんていっても、根が野次馬根性丸出しのミステリーファンばかりである。真面目にお悔みだとか追悼だけが目的の者なんか、おそらく一人もいやしない。身近なところに降って湧いたようなナマの殺人事件を、ケーススタディの恰好の教材にして、侃々諤々、探偵談議を楽しもうという魂胆にちがいない。

解剖が長引いたために、遺体が細野家に戻されたのは、日曜日の朝だったそうだ。江梨香は午後一時に訪ねたのだが、これからお通夜の段取りに入るということで、家の内外がガタガタしていた。葬儀の準備は細野の会社の連中が中心になって進めている。『対角線』の仲間も顔を見せたが、手持ち無沙汰に表でウロウロするばかりだ。

ふつうの死に方ではなかったせいか、近所や会社から手伝いに来ている人びとも、何となくぎごちない様子だ。しかし、葬儀社がやってくると、手際よく、たちまちのうちに祭壇を整えて、それらしい雰囲気をつくり出した。

用意が整うと、三十人ばかりの弔問客の行列ができた。江梨香もそのしんがりについて焼香した。祭壇には細野の写真が飾られていた。素人のスナップ写真を拡大したものだから、ピントがはっきりしないボーッとした写真で、なんだか心霊写真のように見えた。

細野未亡人の菊代と一人娘の清佳は、さすがにショックだったようだ。喪服を着て祭壇の横に坐り、弔問客に一人一人挨拶してはいるけれど、疲れ果て、涙も涸れたような、意思のないぼんやりした白い顔が、いかにも痛々しい。

あれこれ探り出すつもりでやってきた『対角線』の会員たちも、母娘の様子を見ると、まともな悔みもろくすっぽ言えないまま、引き上げた。

「追悼集会」は、木曜日にいつもどおり、中野坂上の寿司屋の二階で開かれた。畳敷きの、あまり上等でない部屋だが、隣りが『対角線』会長の山岸徳二の住むアパートで、しょっちゅう出前を取ったり、飲んだりしている間柄だから、並寿司を人数分だけ取れば、何時間だべろうと会場費がタダというのが魅力だ。

　追悼集会だというのに、七十人からいる同人の中で、出席した会員はわずか八名。ほとんどがいつも見る顔触れだ。少し離れた郊外に住む者は仕方ないにしても、都区内にいる会員だけでも三十人あまりが音沙汰なし。この一事だけでも、一般社会常識に欠ける連中がいかに多いかを物語っている。

　消息通の前田が知り合いの新聞記者から情報を仕入れてきて、それをまず披露した。

　それによると、細野の直接の死因は、絞殺による窒息死だったそうだ。ただし、その前に後頭部に鈍器様のもので一撃を食らって、失神していたらしい。犯人は、意識のない細野の首を素手で絞めて殺し、死体を現場に遺棄したものと断定された。

　事件発生からすでに一週間を経過したけれど、いまだに犯人に結びつくような情報は出ていないようだ。

細野の妻も娘も、細野が殺されなければならないような理由に、まったく思い当たらないと言っているらしい。それは会社関係、友人関係の人間の誰に聞いても同じことだったにちがいない。

「細野に、殺されるような甲斐性があったとは思えねえもんな」

山岸徳二は逆説的な言い方をして、首をひねった。山岸ももとは推理作家志望だったが、創作力のないことに目覚めて、以来、もっぱら評論活動に方向チェンジをした。いまではあちこちの雑誌で、いくぶん提灯持ち的なブックレビューの記事を書いている。

もっとも、『対角線』の同人の多くは、山岸の轍を踏んで、作家になり損ねそうな面々ばかりである。

『対角線』も創刊当時は、作家を志す者たちが、たがいに自作を持ち寄って、同人誌に発表し、切磋琢磨しあうグループを創設したつもりだった。それがいつのまにか、どの同人誌にもありがちな、他人の作品のアラを探し、徹底的に叩きつぶしあい、足を引っ張りあう場に変容した。

同人誌の『対角線』に作品を発表するのは、文芸雑誌の新人賞に応募するより、はるかに度胸がいった。創作のポリシーは、不特定多数の読者を想定する以前に、まず同人仲間の反応をあれこれ思い描くところから決めてかかる必要があった。

そんなことだから、年四回発行の『対角線』に載る小説はごく少ない。誰もが仲間の袋叩きにあうことをおそれて、ペンを持つ手も萎縮してしまうのだ。

その代わりのように、『対角線』には既成作家の作品のこき下ろしを連載している。それも、「こんなものを書くくらいなら、作家を廃業しろ」といった、ひどく口汚ない表現をする。書くほうは気持ちがいいし、無責任に読むぶんには面白い。しかし、何ひとつ建設的な要素はない。インテリやくざの悪態のようで、江梨香などは、読んでいて悲しくなることがある。

その『対角線』の秋号に、久し振りに細野の作品が載った。「死舞」という、ミステリー仕立ての五十枚ばかりの小品だが、しっとりした味のある、いい小説であった。

それにもかかわらず、雑誌が出た直後の批評会ではやっぱりあれこれ、重箱の隅をつつくような、いやみで素直でない攻撃が突き刺さった。

もちろん、作者は反論できるのだが、細野は日ごろから、どちらかというと弁舌が達者ではなく、ほとんどやられっぱなしの聞き役に終始した。

「私はとてもいい作品だと思いますけど」

一人ずつ、まとめの感想を述べる段になって、江梨香がおそるおそるそう言うと、細野を含む全員が「へえーっ」と驚きの目を江梨香に集中させた。ほかの連中はともかく、細野までが不思議そうな顔をしたのには、江梨香は呆れてしまった。

「だって、こんなにさりげない書き方で、死に向かおうとする女の気持ちや、彼女の過去にある重い記憶だとか、遠い青春の日々を踏みにじって去って行った男への愛憎だとか、そういうものが、若狭の美しくも、うら寂しい風景と溶け合って、まざまざと目に見えるように描かれていて、私になんかとても真似できないし……だったら前田さん、こういう作品、書けます？」

江梨香に訊かれて、前田はうろたえた。

「おいおい、いきなりフラないでよ」

冗談めかして手を振ってごまかしたが、江梨香の率直な言い方は、仲間を辟易させたことはたしかだ。細野の作品に対する攻撃は、すぐに下火になった。

「いや、江梨香の言うように、たしかに細野さんのこれ、『死舞』ってシニマイって読むんだっけ。いろいろ言いたい放題言ったけど、正直なところ、僕もいいと思うよ」

前田が、質問されたからには――というように、気張った口調で言った。

「このところ、『対角線』にはあまり創作が出てこないし、そういう意味から言っても、これは近ごろ、出色の出来って言ってもいいんじゃないですかね」

山岸に同意を求める目を向けた。

「ああ、そうだな、本年度ナンバーワンであることは事実だな。あとはおれのも含めて、ドングリの背比べ。いや、冗談はともかくとして、ほんとの話、○○や××の作品なんかよりよっぽどいいよ」

山岸はベストセラー作家の名前を挙げつらって、彼にはめずらしく本音っぽい褒め方をした。江梨香が手を叩き、つられて全員が拍手で褒めそやした。細野は照れくさそうに赤くなり、頭を掻いていた。

「考えてみると、あの『死舞』が細野の遺作っていうことになるんだなあ」

ふとそのことを思い出したように、山岸がしんみりした口調で言った。

「あんないい作品を書いて、これからっていう感じだったのにねえ」

「灯し火のまさに滅せんとするや、その光大なり——か」

富野という、寺の住職の息子が、重々しく言った。寺の息子のくせにエログロだらけの小説を書く、バチ当たりな男だ。そのくせ、何かにつけて、こういう分別臭い言葉を吐きたがる。

「いったい、あの晩、細野さんに何があったのかしら？」

江梨香はずっと抱きつづけている疑問を、口に出した。

「私に電話してきたときには、細野さん、樹村昌平さんのパーティに出席するようなことを言っていたのに……」

「いや、実際、彼は出席するつもりで会社を出たらしいよ」

前田が言った。

「警察が事情聴取したところによると、細野は出がけに、『いちおうスポンサーのパーティなんだから、会費ぐらい会社でもってくれてもいいと思う――』とか、聞こえよがしにぼやいて、会社を出ていったそうだから」

前田が仕入れてきた情報によると、細野は午後五時半ごろには会社を出ているという。新宿の京王プラザホテルまでは、地下鉄を使えば四十分ぐらいだろうか。パーティの開始は午後六時ということにはなっているが、いつだって二、三十分は遅れるから、なんとか間に合う時刻だ。

社屋を出ると、細野は真っ直ぐ地下鉄の入口のある方角へ向かっていったそうだ。

この時刻は外から戻る者、退社する者で出入り口は混雑するから、細野の姿を何人もの人間が目撃している。中には挨拶を交わした者も数人いた。少し俯きかげんに歩いていったのは、寒さのせいで、ふだんとそれほど変わった様子は見られなかったそうだ。

以上が、これまで警察で把握している、細野の足取りだということである。それ以降、細野の姿を目撃した者は、いまのところ現われていない。

要するに、細野はそのあと、地下鉄に乗ってからパーティ会場へ行くまでのあいだに、何らかの事件に巻き込まれたということになる。

細野の死体が発見された場所は、刑事の説明だと「高島平付近の路上」ということだった。

高島平は東京都の北西のはずれ——板橋区にある。幕末の砲術家高島秋帆がここではじめて、洋式火砲の試射を行なったことが地名の由来である。高島平とその付近一帯はかつて「徳丸ヶ原」といい、日本陸軍発祥の地なのだが、そのことよりも高層住宅団地としてあまりにも有名になってしまった。いまでこそ超高層のアパートも珍しくなくなったが、高島平団地が建設された当時は、十階を超える高層アパートが林立するさまは、不気味な感じさえしたものである。

高島平の北側を新河岸川が西から東へと流れる。その川沿いの道路脇に、細野は放り出されていた。

殺害現場は死体が遺棄されていたのとは別の場所と断定された。付近には争ったような形跡もないし、後頭部からの出血が飛び散った痕もない。犯人は第一現場からそこに、車で死体を運んだと思われる。しかし、タイヤ痕等は特定できなかった。

犯人には死体を隠す意志はなく、まるで邪魔なゴミでも捨てるように、無造作に死体を捨てていったらしい。無神経なのか、そうでなければ、よほど、捕まらないという自信があるのだろう。

高島平は樹村昌平のパーティが行なわれた新宿とは、まったくの方角違い。寄り道や間違いで行く場所ではあり得ない。

警察の調べで明らかになったのだが、細野は、会社を出る少し前に、外部からの電話を受けている。「男性で、かなり年配の人のような感じでした――」と、電話を取り次いだ交換手は言っている。

電話の内容はもちろんわからないが、細野が話しているのを、近くの同僚が目撃していた。ふだんなら、私用電話でも平気で大きな声で喋る細野が、そのときは珍しく、声をひそめ、辺りを窺うような様子だった。事件が起きてから思い返すと、何やら深刻そうな感じだったということである。その電話が原因で、細野は真っ直ぐ京王プラザホテルのパーティ会場へ行く予定を変更した可能性がある。

そういったデータから見て、細野久男殺害の目的は、単なる強盗や、行きずりの犯行ではないという点で、『対角線』同人の意見は一致した。もっとも、警察でも同じ見解で捜査を進めているそうだから、べつに目新しい見解でも何でもない。推理小説を書いたり、他人のミステリーを貶したりするぶんには、あれこれ偉そうなことを言うくせに、実際の犯罪にぶつかると大した知恵は出ないものである。

盗み目的でないとすると、警察用語でいうところの『怨恨』ということになる。怨恨といったって、範囲がむちゃくちゃに広い。異性関係の問題から、金の貸し借りにまつわる、いわばビジネスライクな利害関係まで、ありとあらゆる人間関係での確執が、怨恨の範疇に入る。

細野が誰かに金を貸しているとは考えられない。借りている可能性はあるかもしれないが、だとしたら、殺してしまっては元も子もないことになる。

男女関係が原因ということだって、あり得ないわけではない。「細野にかぎって……」と、多くの会員は一笑に付したが、男と女のあいだは、他人が垣間見ることのできない世界ではある。

「それにしたって、あの細野が死ぬの生きるのっていう騒ぎになるかねえ」

山岸は懐疑的だ。

要するに、現時点では何の妙案も浮かばないというのが結論であった。寿司もビールもとっくになくなり、富野が持ち込んだ寺の供物の残りだとかいうまんじゅうも、きれいさっぱり消えてしまった。ビールの追加を注文するといった発想は、会員の誰からも期待できない。

さて、お開きにするか——という空気になったとき、樹村昌平が現われた。

「あっ、先生のお出ましですか!」

山岸は歓声を挙げた。年齢は山岸のほうが一つ年上だが、プロ作家である樹村を立てている。それに、「先生」の到来は、ビールの追加注文につながる意味からも、歓迎すべきなのだ。

樹村は男を一人連れてきていた。三十歳前後の、スラリとしたなかなかのハンサムな男であった。スポーツシャツの上に白っぽいブルゾンを着て、あまり身形には構わないタイプの男らしい。

「彼、浅見光彦さんていうんだけど」

樹村に紹介されて、男はにっこり笑って、「浅見です、よろしく」と軽く頭を下げた。

「浅見さんは、内田さんの紹介で来たんだ。まあ、われわれと同業みたいなひとで、おもにルポルタージュを書いているのだが、私立探偵みたいなこともやっているそうだ」

樹村が言った「内田」というのは、やはり推理作家で、いつも『対角線』の読書会で槍玉にあげられるような、駄作ばかり書いている男だ。その内田の紹介だというので、会員たちのあいだには「なーんだ」と言いたげな、倦怠感のようなムードが漂った。

「言っときますけどね」と、富野が冗談めかして言った。

「われわれは全員シロですよ。警察の事情聴取も受けたし、アリバイまで、ちゃんと確認してもらいましたからね」

「もちろん、そうでしょうねえ……しかし、推理小説では、警察が見逃した、いちばんそれらしくない人が犯人である場合が多いですから」

浅見はニコニコ笑いながら、チクリと皮肉を言った。

第二章　死神（しにがみ）の幻影（げんえい）

1

物書きの端（はし）くれのくせに、浅見は文筆業を営（いとな）む人間との付き合いがごく少ない。軽井沢（かるいざわ）に住んでいる内田という推理作家とは、腐（くさ）れ縁（えん）のように、しょっちゅう顔を合わせたり、電話で話したりしているけれど、それ以外はほとんど皆無（かいむ）といっていい。

正直なところ、浅見にとって作家は眩（まぶ）しすぎる存在だし、作家志望の人びとを見ると、いいかげんな姿勢で、フリーのルポライターなどを営んでいる自分が恥（は）ずかしくなる。真剣（しんけん）に文学に勤（いそ）しみ、著作に苦しむ崇高（すうこう）な人びとの姿には、恐（おそ）れ多くて、近寄り難（がた）いものを感じるのだ。

寿司屋の二階にたむろしている『対角線』の同人たちの中の何人かに、浅見はそういう「崇高な」ものの気配を察知した。おまけに、樹村昌平が「内田さんの紹介で……」と言ったとたん、明らかに軽蔑の意志が込められた目が、いくつも突き刺さってきたのには、辟易した。

浅見に樹村昌平のところへ行くように勧めたのは、軽井沢の作家・内田である。高島平団地の近くで起きた殺人・死体遺棄事件の捜査が、進展しない様子を見て、内田が電話してきた。

「被害者は樹村氏の知り合いなんだそうだ。大して面白くもなさそうな事件だけど、ためしにちょっと覗いてきてみてよ」

内田はそう言っていた。

「人が殺されたのを『面白い』とか『面白くない』とか言う神経はどうかと思いますね」

一応、そうは言ったものの、内田の場合は根深い悪意があるわけではない。臆病で人の好い彼にそう言わせるのは、抑えがたい好奇心のせいなのである。好奇心ということなら人後に落ちない浅見だから、内田の思考回路とすぐに同調したくなる。

結局、内田に言われたとおり、その日のうちに樹村に会いに行った。

「ふーん、あんたがかの有名な浅見さんですか」

樹村昌平はためつすがめつ浅見を眺めて、「かっこいいひとですなあ」と感嘆したように言った。

作家に「有名」だとか「かっこいい」だとか言われて、浅見は身の縮まる想いがした。樹村もまた人が好く、軽井沢の作家とちがい陽気で、ひとをそらさない性格らしい。ちょうど月例の会合があるからと、樹村は浅見を『対角線』の集まりに同行させてくれた。

「細野のことに関しては、ここにいる連中に訊けばだいたいわかりますよ」

樹村はそう言って、会員を一人一人紹介した。

「浅見さんは、表向きはルポライターだが、その実体は名探偵なのだ」

樹村にそう紹介されても、同人たちは浅見のことを知らなかった。

内田の小説を読んでいれば、浅見光彦の事件簿のことも、少しは理解していたかもしれないが、何しろ彼らは内田の「駄作」などは歯牙にもかけない、純粋本格ミステリーの担い手を自任する面々なのだ。

いろいろと、細野久男に関する話をしてもらいながら、浅見は、彼らの中の二人にとくに関心を抱いた。

一人は細野と最後に会った前田正和、もう一人は最後に電話で話したという諏訪江梨香である。ことに前田との話の中で、細野が意気消沈した態で「まずいことになった」と言っていた、その「まずいこと」とは何なのかが大いに気になった。

しかし、前田にも結局、それが何を意味するものなのか、皆目、見当がつかないのだそうだ。何か言葉の端ばしに、手掛かりらしきものはなかったか――と浅見は執拗に食い下がったが、おとなしい前田も最後には気分を害したらしく、「あんた、刑事の事情聴取よりしつこいね」とそっぽを向いた。

「その様子だと、あれですか、浅見さんは細野が殺された事件を取材するだけじゃなくて、事件の謎そのものを解明しようっていうんですか？」

お寺の富野が、小馬鹿にしたような口調で言った。

「はあ、できればそうしたいと思っています」

「へえー、できればねえ……だけど、警察が組織力をあげて取り組んでも、ろくな進展を見ていない事件を、あんた一人でどうにかしようっていうわけ？」

「はあ、まあそうです」

「ははは、そんなの無理無理。隆車に歯向かう蟷螂の斧ですよ」

富野は笑った。

「あのオ、浅見さんには解明できる自信がおありなんですか？」

諏訪江梨香がそう訊いたのは、いくぶん富野の非礼をフォローする気持ちを込めたものかもしれない。

「自信はまだありません」

浅見は江梨香の真っ直ぐな視線を、眩しく感じながら答えた。

「しかし、たとえば諏訪さんと電話で話したときの、細野さんの様子などを教えていただければ、それなりに推理の道は開けるかもしれません」

「あら、電話で話した内容なんて、べつにどうってことありませんよ。要するに、樹村さんのパーティに出席するかどうかっていうことだけでしたもの」

「本当にそれだけでしたか？」

「えっ？　本当も何も、それだけですよ」

江梨香は少しムッとしたように、眉をひそめた。

「失礼、べつに諏訪さんの言うことを疑っているわけではないのです。ただ、細野さんは、パーティへ行くか行かないかを、なぜ諏訪さんのところにだけ電話したのか、それがちょっと不思議に思えたものですから」

「あっ……」

前田が意表を衝かれたような声を発した。

「そういえばそうだよなあ。殺された前々日におれと会ったときには、何も言ってなかったし、ほかの誰にも電話していないのに、何だって諏訪さんのところに……」

意味ありげな目で江梨香を見た。

「なるほど」

富野もがぜん身を乗り出した。

「よりによって諏訪さんに電話した理由は何か——。これは、微妙な意味あいをはらんでいますよ、これは」

面白半分、茶化すような言い方だ。お経で鍛えたダミ声だから、聞いているほうは、相当に耳障りである。

「そんなの、特別な理由なんかあるわけないでしょう」

江梨香は、不愉快そのもののような目で富野を睨んでから、その視線を浅見に向けた。不愉快の原因が浅見にあるとでも言いたいらしい。

浅見は苦笑して言った。

「すみません、特別なとなどと、深く考えないでください。僕はただ、思い込みだとか脚色だとかのない、事実をありのまま、お聞きしたいだけなのです。いまわかっているのは、細野さんからパーティへの出席のことで電話があったのは、諏訪さんのところだけだということ。問題は、なぜ諏訪さんだったのか。そして、そのときに細野さんはどういう言葉で電話したかなのです」

「どういう言葉って……」

「できるなら、文字どおり言葉の端ばしまでを再現していただければありがたいのですけどね」

「そう言われたって、憶えていませんよ、そんな細かいこと」

「それを思い出していただけませんか」

「無理ですよ。ただ、パーティに出席するかしないか、そういうことを話したっていうだけのことです」

「そうですか……」

浅見は頷いた。こんなふうに大勢の中で、依怙地になっている相手には、いくらゴリ押しに訊いてもだめなことは、経験的に承知している。

「それじゃ、いつかふっと思い出すようなことがあったら、ぜひこの番号に電話してみてください」

浅見は名刺を出して、「それから、前田さんにもぜひお願いします」と、江梨香と前田、それぞれに手渡した。

「えっ、おれもですか？」

前田は受け取った名刺を、老眼のように遠ざけて眺め、迷惑そうに言った。

樹村はずっと、ニコニコ笑いながら、浅見と同人たちのやりとりを聞いていた。かつては会長だったそうだから、『対角線』のメンバーにとっては、物心両面で指導的な立場に立っていると思うのだが、でしゃばったことを言ったりしない。おとなだな——と思わせる、風格のようなものがあった。

「ま、とにかくさ」と、樹村が最後を締め括るように口を開いた。

「そういうわけだから、みんなもできるだけ浅見さんに協力してよ。だめでもともと——と言っちゃ悪いけど、もしも浅見さんのお蔭で事件が解決したりすれば、喜ぶべきことなのだし、な」

浅見に対するそれぞれの思惑はともかくとして、樹村の結論には、とりあえず全員が頷いた。

2

諏訪江梨香からの電話は、中一日おいた土曜日の夕刻近くにかかってきた。浅見が思っていたよりも早い決断というべきだろう。

「あれから浅見さんに言われたこと、妙に気になっていて、それで、ちょっと気がついたんですけど」

「それはありがたい」

浅見は少しオーバーかなと思えるほど、感激した声で応えた。

「でも、つまらない、取るに足らないことですよ」

「それがいいのです。推理小説はたいてい、その取るに足らないようなことから、名探偵が謎解きをするって、パターンが決まっているのですから。あ、いや、だからって僕が名探偵というわけではありませんけどね」

浅見は陽気に笑ってみせて、

「それじゃ、諏訪さんの都合のいいとき、お会いできませんか。何なら今夜でもどこへでも飛んで行きます」

「えっ、今夜ですか?」

「ははは、それは言葉のあやみたいなものです。つまり諏訪さんの気の変わらないうち――というか、せっかく思い出したことを忘れないうちという意味です」

「忘れたりはしませんけど、でもいいです。じゃあこれから友だちと会食しに新宿まで出ますから、その後、八時ごろなら、近くでお会いできます」

「じゃあ、西口の『滝沢』はどうですか」

浅見は新宿駅前広場の向かい側にある喫茶店を言った。「談話室」というサブタイトルをつけた店で、飲み物類の値段は高いが、この際、シミッタレたことは言っていられない。

江梨香も滝沢は知っていて、午後八時、滝沢で――ということになった。


中野の寿司屋の二階で、追悼集会のときに会った諏訪江梨香は、化粧も控えめだったせいか、あまりパッとした印象はなかったのだが、今夜の彼女は見違えるほど魅力的であった。いや、実際に浅見は、江梨香が店に入ってきたのにも気づかず、すぐ脇に立って「今晩は」と挨拶されて、愕然となった。

ヘアスタイルの知識なんか、浅見にはまるでないが、とにかくきれいに整えられた髪の毛が形よくゆれて、顔の輪郭をあざやかに、印象深く演出している。唇はほどよい濃さのピンクに彩られ、どういう仕掛けをしたのか、鼻筋もくっきりと浮き出している。

少し地味かなとも思える、モスグリーンのコートを脱ぐと、淡いサーモンピンクのスーツ姿が現われた。その明るさだけで、浅見などは目を奪われる。慌てて立ち上がって、テーブルの角にスネをぶつけた。中身が空っぽのコーヒーカップが、ガチャンとけたたましい音を立てて踊った。

(まったく、女性は魔物だな——)

スネの痛みに耐えながら、浅見はひそかに感嘆の吐息をついた。

「大丈夫ですか?」

江梨香は笑いたいのをこらえる顔で、一応、心配そうに言った。

「は? ああ、いや、もちろん何でもありません。どうも、今夜はわざわざ来ていただいて、ありがとうございます」

浅見は真面目くさって挨拶した。

「あら、わざわざでもないんです。どうせ新宿は通り道ですから」

浅見と向かいあう椅子に落ち着くと、江梨香はメニューをチラッと見て、ウェートレスにコーヒーを注文した。

「あまり近くに顔を寄せてお話ししないほうがいいですよ。さっき、友だちとギョーザを食べてきましたから」

江梨香は柔らかな椅子に背を反らせるようにして、口を押えて笑った。

「これから男のひとと会うって言ったら、みんなが魔除けにギョーザを食べて行けって、そそのかすんです」

「魔除け……それはひどいなあ」

浅見はたったいま、(女は魔物——)と思ったのを棚に上げて抗議して、江梨香と一緒になって笑った。

「魔除け」談議のお蔭で、はじめての「デート」にしては、いっぺんに打ち解けることができた。

「諏訪さんは茨城の人ですか?」

「あら、わかります?」

「ええ、少し訛りがあるかなって思ったのです」

「そうですか? やだなあ、自分では標準語で喋っているつもりなのに」

「何もいやがることはないでしょう。東京の人間だって、ひどい東京訛りなんだから。茨城はどちらですか?」

「岩間です」

「ああ、岩間ですか。涸沼の近くですね」

「あ、涸沼、知ってるんですか?」

「知ってますよ、涸沼くらい。いくら無知な僕だって」

「よかった……うちの社の連中なんか、誰一人として知らないんです。嬉しいわァ」

無邪気に両手を合わせて喜ぶ江梨香が、浅見の目にはひどく新鮮なものに映った。

「浅見さんのお宅に電話して、かまわなかったんですか？」

江梨香は訊いた。

「は？　それ、どういう意味ですか？」

「だって、なんだか奥さん、気を悪くなさったみたいだから」

「えっ？　奥さん？……ああ、彼女は違いますよ。須美子といって、うちのお手伝いをしてくれているんです。そうですか、彼女、印象が悪かったですか。よくあるんです、ことに美人から電話があると機嫌が悪い。僕が魔物に誑かされるとでも思って、心配してくれているのでしょうけどね」

浅見はすばやく一矢を報いた。

「あら、美人だなんて、電話ですよ」

「いや、それが彼女にはわかるらしいのです。たぶん、あなたの名前を聞いた瞬間の、僕の目の色で判断したんじゃないかな」

「えっ、それ、お世辞ですか？」

江梨香は呆れたように目を丸くして、ケラケラと笑った。

「浅見さんて、リッチなんですね」

「リッチ？　僕がですか？　まさか……どうしてです？」

「だって、お手伝いさんがいるくらいですもの」

「ああ、それは僕とは関係ありませんよ。家は多少、裕福(ゆうふく)かもしれないけど、僕は単なる居候(いそうろう)です」

「居候？」

「つまり、いまだに独立もできない、だめな次男坊(じなんぼう)——浅見家の持て余し者という、近所の評判ですよ」

露悪(ろあく)的に言ったが、まんざらオーバーでもない。そういう風聞(ふうぶん)が時折(ときお)り、浅見の耳にも流れてくる。

「じゃあ、浅見さんは独身なんですか？」

江梨香は少し引いた恰好(かっこう)になった。

「ははは、そうですよ、花の独身貴族です。ははは……」

うそぶくように笑ったが、われながら威勢(いせい)の悪い笑い方であった。

「ところで、細野さんのこと、何か思い出してくれたそうですね」

浅見は真顔(まがお)に戻って、本論に入った。

「ええ、でも、電話で言ったように、ほんとにつまらないことですよ」

江梨香が念を押すのに、浅見は黙って頷き、話を聞く態勢を作った。

「細野さんが私にだけなぜ電話してくれたのかっていう、浅見さんの疑問ですけど、あれ以来、ずっとそのことが頭にこびりついていて、何かやっていてもすぐにふっと思い浮かぶんですよね。いったい、私とほかの人たちと、どこが違うのかしら——って。それで、きょう、夕方になってから気がついたんですけど、そういえば、細野さんの小説を褒めたの、私だけだったんです」

「小説を褒めた……」

「ええ、同人雑誌に掲載された、細野さんの小説です」

「ほう……」

浅見は一瞬、キョトンとなった。

「やっぱり」と江梨香は渋い顔をした。

「だからつまらないことだって言ったでしょう」

「えっ？　いや、そんなことはありませんよ。僕はびっくりして、猛烈に興味を惹かれました」

「ほんとですか？」

「ええ、本当です。細野さんが諏訪さんにだけ電話した理由について、あれから僕なりに、いろいろな状況を想定したつもりで……たとえば、ごく常識的に、お二人のあいだに親密な関係があったのではないか——とかですね。しかし、小説を褒めたというのは、これっぽっちも思いつきませんでした」

「浅見さんが思いつかないのは当たり前ですよ。だって、私自身、やっと思いついたことですもの。でも、こんなの、事件と関係するわけありませんよね？」

「どうしてですか？」

「どうしてって……じゃあ、浅見さんは何か関係があるとでも？」

「わかりませんが、しかし、とりあえず一つ、興味の対象になるものに巡り合ったことは事実です。何もなかったのとでは、天地の開きがありますよ」

浅見は力強く宣言でもするように言った。

「で、その小説というのはどんな内容なんですか？　やはり推理小説ですか？」

「まあミステリーって言ってもいいですけど、一種の紀行文として楽しめる作品です」

「じゃあ、いま流行のトラベルミステリーみたいなものですか？」

「ちょっと違うかなあ……五十枚足らずの小品ですし、地方が舞台ではあるのですけど、そこからほとんど動きませんから」

「地方というと、どこですか？」

「若狭です、福井県の」

「はあ、若狭……」

日本じゅうを飛び回っているような浅見だが、若狭だけはまだ、足を踏み入れたことがなかった。丹後の宮津へは行ったし、福井県の敦賀から東――越前や嶺北とよばれるところには何度も旅行しているが、そのあいだの若狭地方は訪れていない。

「これですけど」

江梨香はバッグからA5判の小冊子を取り出した。白いクラフト紙の表紙に青インクで『対角線』と横書きの誌名が印刷されている。全部で六十ページばかりの、同人雑誌としてはまあまあ、ごくふつうのものだ。

表紙をめくるといきなり目次で、小説はただ一つ、「死舞」細野久男――とあった。

「『死舞』ですか。いいタイトルですね」

「ええ、内容もいいと思いますけど」

「ちょっと読んでみてもいいですか？」

「どうぞ」

浅見はページを斜めにかすめるように、サーッと目を通した。

物語は、三方湖のほとり、梅林に囲まれたのどかな集落に住む、初老の女性のモノローグの形式で書きすすめられている。要約すると次のようなものだ。

六十五歳の誕生日を迎えた日に、「私」はふと生きてゆくことの虚しさに思い当たる。「私」は六十三歳までの四十年間、小学校の教師を務めてきた。終戦後のどさくさのころ、将来の日本を担うこどもたちのことを想い、地方の児童教育にいのちを捧げることに生き甲斐を見つけ、教師になった。

無我夢中の日々を過ごしているうちに、婚期を逸し、気がついたら教育ひと筋に燃焼しつくした、ボロボロの自分がいた。

教師を辞め、梅林の中の小さな家を買い、年金生活に入った。暮らしは安穏だが、ひたすら老いを待つような、単調な日々に、頭がおかしくなりそうな気がする。

教師であったことの誇りを懐かしもうにも、教え育てたつもりのこどもたちは、誰が都会へ出て、周辺には一人もいない。それどころか、新聞やテレビのニュース種になった汚職議員に、自分の教え子の名前と顔を発見して、それ以後は、燃焼させた情熱のゆくえに想いを馳せることもやめた。

ある日、「私」は何かに憑かれたように、バスを乗り継いで城ヶ崎へ行く。磯伝いに岬の突端まで行って、岩陰にうずくまる。大きな岩と岩に挟まれて、洞穴のように閉ざされた小さな凹地である。岩の隙間から、岬のむこうに広がる緑がかった冬の若狭の海が見える。

風は弱く、陽射しの穏やかな日だったが、うねりがあるのか、波が足の下のほうでドーンドーンと音を立てている。

「私」はそこで睡眠薬を飲み、静かに横たわった。

やがて意識が朦朧としてくる。けだるいような死への恐怖の中で、「私」は夢とも幻覚ともつかぬ光景を見た。

黒いコートをまとった老人が、岩場の上に下り立った。(あれは死神なのだ——)と「私」は思う。死神は「私」を探して、まるで舞いを舞うような仕種で、岩の下を覗き込んでいる。

死神の顔が、遠い記憶の中にある男の顔と重なった。愛しさと、その数倍の憎しみを伴った、男の記憶が蘇った。

終戦の翌年、シベリアから舞鶴港に着いたとき、その男はひどい下痢と熱に冒されて、それこそ死神のような姿であった。

当時、「私」は舞鶴の引揚援護局に動員されて、傷病帰還兵の病棟につめていて、そこで彼に会った。

死を覚悟させるような病床で、彼は「峰」と名乗った。いつ死んでもいいように、「私」は峰の手の甲に、身元を示す「峰」という文字を書いた。

「死んだら、骨は海に撒いてください」

峰は潔く、そう言った。しかし峰は命を永らえ、病後もそのまま舞鶴に残った。元陸軍少尉には、帰るべき故郷がないのだった。

やがて「私」は峰を愛するようになる。そして、狂おしい夏の夜、若狭の海岸で、二十歳の無垢の躯を峰に委ねた。

苦痛の中で、「私」は蝶が羽化するような悦楽に酔い痴れ、「ああ、明日からは……」と、うわ言のように呻きつづけた。

だが、明くる日、峰は「私」の前からも、舞鶴からも姿を消した……。

その峰の顔をした死神が、年老いた痩躯をゆらゆらさせて岬の岩に舞い上がってくる。

「峰さん」と「私」は呼びかけたが、声は出なかったらしい。死神は冷ややかに「私」を無視して、行ってしまう。

気づいて——気づかないで——と、「私」はもどかしさと安堵感の狭間で、懸命に死神に合図しようとする。

だが、死神は両手を広げ、舞うように、視界から去っていった。

幻覚は長い闇の中に没した。

やがて「私」は生き返る。死の安寧の代わりに、ひどい頭痛と嘔吐感だけが残った。

夕闇が迫る磯の道を、「私」は死ねなかった屈辱と痛恨をかかえながら、梅林の小宅に帰ってゆく。

3

「奇妙な作品ですね」

浅見は『対角線』のページを閉じて、感想を洩らした。前衛的というのか、こういう小説は浅見には批評どころか、理解さえできるような気がしない。

「いい小説でしょう？」

江梨香に催促されて、「はあ」とあいまいに頷いた。

「文章が美しいですね。若狭って、行ったことはないけれど、ものさびしい風景が、海の色ばかりでなく、朽ちかけた小舟だとか、梅林の枯れ木立ちだとか、日本画を見るように心にしみてきます」

浅見はなるべくストーリーに触れないように、褒めることにした。

浅見のそういいい加減な評の仕方に、江梨香は物足りない顔で、細野の小説のページを開いたり閉じたりして、言った。

「それに、『私』の心理描写が巧みですよ。峰のときと自分のときと、二つの死に直面した状況を、『明日から』という言葉に対比させて、切って捨てることで、女の生物的な強さを象徴させていると思うんですけど」

「はあ、そういうふうに読むものですか……なるほど、難しいですねえ、小説って。作家というのは、よほど頭がいいのでしょうね。事実を取材して書くだけのルポライターと違って、何もないところから、こういうものが書けちゃうんだから」

「あら、そうかしら？」

江梨香は怪訝そうに言った。

「何もないっていっても、若狭の風景だとか、雰囲気描写は、現地取材をして書いているし、登場人物に関してだって、完全な想像の産物じゃないでしょう」

「えっ、違うのですか？　いや、風景はともかく、人物は想像で書いているんじゃないのですか？」

「私は違うと思います。細野さんの書いたもの、いくつか知ってるけど、必ずモデルっぽい人がいたし、ストーリーそのものも、あっ、あの話、使って書いた——って思い当たることがあるんです。この『死舞』だって、突拍子もないような話だけど、どことなくリアリティがあって、妙に説得されちゃうでしょう。やっぱり、ちゃんと取材しているにちがいないわ」

「なるほど……そうすると、細野さんは若狭へ行って、取材してきたのですか……」

浅見はまだ見ぬ若狭の海に想いを馳せた。緑がかった鈍色の海と、岩だらけの岬——。

「城ヶ崎って、実際にある岬の名前なんですかねえ。僕はてっきり伊豆の城ヶ崎かと思いましたが」

「さあ、知りませんけど、あるんじゃないですか」

「いつごろ若狭へ行ったのかな？　この文章どおりだとすると、冬の取材だったことになりますね」

「ええ、冬でしょうね。でも、ことしの冬じゃないですよ。だって、この『対角線』の原稿締切りは去年の十月ですから、書いたのはたぶん九月ごろとして、現地取材はそれ以前ということになります」

「つまり去年の初めか、それ以前か……」

浅見の脳裏には、またしても若狭の冬の風景が浮かんだ。

「ところで」と浅見は、テレビのチャンネルを切り替えるように言った。

「この『対角線』ですが、推理作家志望の同人雑誌だと聞いたのですが、小説は細野さんのだけしか載っていませんね。あとは評論みたいなものばかりです」

「ええ、そうなんです。浅見さんもやっぱり変だと思うでしょう。だめなんですよね、足の引っ張りあいばかりして。ちょっといい作品を書いても、みんなで寄ってたかってこき下ろして、作者を自信喪失に追い込んじゃうんです。そうなるともう、しばらくダメージから立ち直れなくて、当分のあいだ小説が書けなくなっちゃいます。その代わりみたいに、ほかの人の作品をコテンパンに攻撃する側に回るわけです」

「じゃあ、細野さんのこれも、ずいぶん攻撃されたのでしょうね」

「もちろん。みんなひどいこと言うんですから。独りよがりだとか、細野さんに婆さんの心理なんかまだ書けるわけがないとか、死神が舞うなんていうのは、主観的すぎて、まるでこども騙しみたいだとか……」

「それで、それに対して細野さんは何て反論したのですか？」

「反論なんかしませんよ。黙って困ったようにニヤニヤ笑って聴いているだけ。一方的にやられっぱなしです。だから私がつい見兼ねて、そんなふうに言うのはおかしい、いい作品だって言ったんです」

「じゃあ、細野さんは喜んだでしょう」

「と思いますけど……でも、なんだか照れたみたいな顔をして、さっぱり張り合いがありませんでしたよ。むしろ、前田さんのほうが同調してくれたのに」

「それにしても、細野さんは批判に対してどうして反論しなかったんですかねえ？　ご本人は自信がなかったのかな？　それとも、いつも議論はしなかったんですか？」

「いいえ、いつもはそんなことはありませんよ。細野さんだってなかなか譲らない強情なところはあるし、けっこうひとの作品は批判しましたからね。匿名で新聞や雑誌に書評も書いていましたよ。ただ、あの人、本当は純文学に進みたかったんだと思います。だから、単純な探偵小説みたいなもの——つまりエンタテインメントに対しては、心の底では軽蔑していたのじゃないかしら」

「というと、樹村昌平さんの作品なんかも、内心ではばかにしていたのですかね？」

「かもしれないけど、樹村さんは先輩だし、『対角線』のスポンサーでもあるし、誰も悪口は言えませんよ」

「細野さんに批判されて、恨んでいる人がいるなんてこと、ありませんか？」

「さあ、どうかなあ……『対角線』の同人のあいだでは、貶しあい叩きあいは日常茶飯事ですからね。頭にくることだってありますよ。ときには喧嘩腰になったりして……でも、殺意になるほどじゃありませんよ。それを想像していらっしゃるのなら、ぜんぜん見当はずれです」

江梨香は笑いながら言って、小首を傾げるようにして訊いた。

「どうですか、何か得るところがありましたか？」

「そうですねえ……」

浅見は正直に首を横に振った。

「まださっぱりですねえ。いまのところ、僕の頭の中は、細野さんの小説のストーリーでいっぱいです。若狭の風景が、蜃気楼のように形が定まらないで、モヤモヤと揺れています」

「だめですよ、そんなものに影響されちゃ。細野さんの死体があったのは、高島平の近くの道端なんですから。せめて高層住宅群の幻影でも見てください」

からかうように言って、江梨香は男の子のように「ははは」と笑って席を立った。

「ここ、ご馳走になってもいいですね」

「もちろん」

浅見が慌てて立ち上がるのを尻目に、「じゃあ」と、ペコリと頭を下げ、テーブルの上の『対角線』を指差して、「それ、私の文章も載ってます」とだけ言うと、クルリと背を向けた。「読んで」と、まともに言わないのは、奥床しいというべきだろう。浅見は思わず顔をほころばせて、サーモンピンクの後ろ姿が見えなくなるまで、木偶のようにつっ立っていた。

再会を約束もしなかったし、それらしい余韻も残さなかった。しかし諏訪江梨香とは、いつかまた会えそうな予感が、浅見にはたしかにあった。

帰宅すると早速、浅見は広辞苑で「若狭」を引いてみた。江梨香に言ったように、若狭についての知識は、まったく乏しいのだ。

(旧国名。今の福井県の西部。若州)

広辞苑の〔若狭〕についての記述はそれだけで、きわめて素っ気ない。ロードマップを開くと、琵琶湖の北側の、本州のくびれのようなところの海の中に、大きく「若狭湾」と印刷されている。若狭湾は東の越前海岸から西の丹後半島のあいだの海域を指すらしいが、若狭がどこからどこまでなのかは、当然ながら、現代の地図ではわからない。

角川書店の『日本地名大辞典』によると、現福井県の敦賀市までが越前国で、それより西の三方郡、遠敷郡、大飯郡が若狭国域であったようだ。現在の美浜町、三方町、上中町、小浜市、名田庄村、大飯町、高浜町がその中に入る。

若狭の海岸線は三陸海岸を思わせるように複雑で、ことに三方五湖の辺りは小さな岬が無数に突き出している。そのどれかが城ヶ崎なのだろうか——と、浅見は天眼鏡を使って調べてみたが、城ヶ崎の文字は発見できなかった。ひょっとすると、その地名は細野の創作かもしれない。

地図を詳細に見て、あらためてわかったのだが、若狭地方は原子力発電所の集中地帯であった。敦賀、美浜、大飯といった原発がこの狭い地域に密集している。旧ソ連のチェルノブイリ原発の大事故以来、一般市民は原発に対して極端に神経質になっている。今後は新規に原発を建設するのは、かなり難しい問題だといわれる。そういったなかで、若狭地方にこれほど集中的に原発が建設されたのには、何か特別な理由があるのだろうか——。

そういう副産物はあったけれど、当面、若狭についてはそれだけわかれば十分で、わかったからといって、何か事件の解決につながることがあるとも思えなかった。

4

翌日、浅見は細野家を訪ねた。細野の未亡人の菊代は浅見が思っていたよりも、落ち着きを取り戻していて、笑顔さえ見せて客を迎えた。

誰にしたって、よもや自分の夫が、父親が、身内が、殺人事件の被害者になるなどとは想像もしていないわけで、遺族は悲しみ以上にショックが強いにちがいない。しかし、これまでに何人もの人びとの不幸に遭遇して、そのつど、人間の順応性というか、生きようとする本能というのか、立ち直る力の逞しさには頭の下がる想いがする。

浅見は樹村昌平の、名刺に走り書きした紹介状を持参した。もっとも、こっちのほうの効力はさほどでもないらしい。菊代は樹村の名刺を一瞥して、気のない声で「はあ」とだけ言った。

「このたびは、ご主人が災難に遭われまして、さぞかし大変なことだったと思います。一日も早く犯人が捕まるとよろしいですね」

浅見はどうも、こういう挨拶は苦手だ。手紙の文章も型にはまった儀礼的なものは、さっぱり書けない。菊代未亡人は、礼を言いながら、明らかに（さっさと帰ってくれればいいのに――）と思っている様子だ。それがみえみえなだけに、浅見は肝心の事件の話に、どうやって持ってゆこうかと、腐心した。いきなり警察の事情聴取のようなことを切り出したりしたら、塩を撒いて追い出されるにちがいない。

「じつは、先日、細野さんが『対角線』にお書きになった『死舞』という小説を拝見して、たいへん感動しました」

おもむろに、遠回しに言った。

「それでですね、僕はある出版社に知り合いがいるのですが、ぜひあの作品を収載するよう、推薦させていただきたいと思って伺いました」

「はあ……」

菊代は笑顔から、いくぶん胡散臭い表情に変わった。

「あの、そうしていただくのに、おいくらぐらいかかるのですか？　こういう時期ですから、うちには大した余裕もございませんのよ。保険金もまだいただいてませんし」

「は？　いえ、原稿料は出版社側からお支払いすることになります」

浅見は苦笑した。菊代は同人雑誌に掲載するときのように、載せる側が出費すると思ったようだ。

「ああ、そうなんですか。それならいいのですけど」

菊代はほっとしたらしく、正直にひどく好意的な笑顔になった。

「それにつきまして、細野さんがあの小説をお書きになったときの様子など、お聞かせいただければありがたいのですが」

「でも、私はあのひとの小説、このごろはほとんど読んでいないんです。どういう小説を書いていたんですか？」

「えっ、ご存じないのですか？『死舞』というのですが」

「知りませんけど」

「そうだったのですか……」

浅見は拍子抜けした。いくら趣味的なものにもせよ、夫の書いた小説ぐらいは読んでいると思っていた。このぶんだと、細野夫妻のあいだは家庭内別居にちかい、疎遠なものであったらしい。

「若狭のことを書いた、たいへんすばらしい小説なのですが」

浅見は精いっぱいのお世辞を言った。

「はあ、ワカサですか……それじゃ、あれかしら、主人は自分の昔のことでも書いたのですか？」

「あ、というと、細野さんは福井県の出身だったのですか？」

浅見は思わず身を乗り出した。

「いいえ、主人は神奈川県の三浦海岸の生まれですよ。若いころは湘南ボーイみたいに、ヨットだとかバイクだとか、派手な遊びばかりしていたって言ってますから、きっとそういう話を書いたのでしょう」

「ああ……ははは……」

浅見は無遠慮を承知で、笑いだしてしまった。

「違いますよ、その若さじゃなくて、福井県の若狭地方のことなのです。ほら、ズワイガニなんかで有名な若狭湾の」

「あら、なーんだ、そうだったんですか」

菊代は勘違いに気づいて、赤くなった。

「だけどあのひと、なんで若狭のことなんか書いたのかしら？」

「最近、若狭のほうへいらっしゃったのじゃありませんか？」

「いいえ、若狭なんていう地名、聞いたことがありませんもの。もしそういう話を聞いていれば、私だって勘違いするわけがありませんよ」

「そうなんですか……」

浅見はこれもまた意外だった。諏訪江梨香が言っていたように、あの若狭の風景描写の生々しさは、現地を取材しないで書いたものとは思えなかった。

七十歳近い、人生に倦んだ女性の視点で、梅林や若狭の海や、そして舞鶴での忘れがたい記憶の回想など、よほどの想像力や創造力の持ち主でないかぎり、描ききれないリアリティを感じる。

しかも、江梨香の言うとおりだとすると、細野は元来、すべて実体験に基づいて小説づくりをしていたというのだ。それならなおのこと、細野はあの小説を書く前に、現地を訪れているにちがいない。それも、十年とか二十年とかいう遠い昔ではなく、比較的最近の体験だったと思わせる雰囲気がある。たとえば原発についての記述など、そこに住む人でなければ感じ取れないような、微妙な言い回しをしていた。

どうやら、結論はただ一つ、細野は妻の知らないときに、ひそかに若狭を訪れているということのようだ。

「ご主人は、社用なんかでご旅行をなさる機会が多かったのですか？」

浅見は訊いてみた。

「いいえ、あまり――っていうか、ほとんどありませんでしたよ。主人は『S』っていう洋酒メーカーのパンフレットやブックレットの制作を主に担当してましたけど、東京本社の樹村さんなんかと打ち合わせするぐらいで、遠くへ出張する必要がなかったんです。行くとすれば社員旅行だとか、あと、『対角線』のみなさんと熱海あたりの温泉へ行くぐらいなものでした。家族旅行だって、年に一回行けばいいほうでしたもの」

「そういう旅行で、若狭へいらしたことはないのですか？」

「ですから、ありませんて……」

菊代はじれったそうに言って、露骨に眉をひそめた。

「すみません、しつこくお訊きして」

浅見も仕方なく謝った。

「ただ、ご主人の小説があまりにもみごとに若狭の風景を描いているもので、現地を取材しないで、あれだけのものが書けるとは信じられない気がするのです。ですから、ひょっとすると、奥さんに内緒で、こっそり若狭へ行ったことがあるのではないか——などと、そんなばかなことまで考えまして」

「ほほほ……そんなことあるわけがないでしょう」

菊代は怒るどころか、むしろ笑わずにいられない様子だ。

「もし主人にそういう甲斐性みたいなものがあるとすれば、それこそ恨んだり恨まれたりすることだってあるわけだし、警察に訊かれたときに、そう言いますよ。とにかく、あの人にはそういうこと、まるでなかったんですから」

「いや、べつに女性と——という意味で言ったわけではないのです」

「あら、女性でないとしたら、誰と行くんですか？」

「はあ、それは……」

浅見はたじたじとなった。

「あなたはそうおっしゃるけど、なにも現地に行かなくたって、旅行ガイドブックや写真集なんかを見れば、風景なんかいくらでも書けるんじゃないんですか？　うちの主人、ものになるかどうかは知りませんけど、ずいぶん長いこと、小説は勉強していたみたいですしね。参考資料さえあれば、それなりのことは書けたと思いますよ」

浅見は、未亡人が細野の才能について、最後には弁護するような言い方をしたことに、（やっぱり夫婦なんだなあ——）と、少し感動さえしたが、しかし、はっきりと頭を振って、否定した。

「いや、それは違うと思います。あの作品を読むかぎり、資料だけでは書けない、何と言いますか、その、つまり感触みたいなものがですね……たとえば、雪にぬれた岩の、海草のヌメッとしたような冷たさ——とか、そういった表現は、現実に皮膚感覚で体験していないと、単なる創造力だけでは絶対に書けないと思うのです。第一、ガイドブックなんかには、そんなこと載っていませんよ。かりに写真でそういう風景を見たとしても、そこまでの感覚は体験できっこありませんしね」

「ふーん……そんなことが書いてあるんですかア……」

未亡人はあらためて亡夫の才能を見直したように、感嘆の声を洩らしたが、ふと気がついて、不安そうな顔になった。

「じゃあ、私の知らないうちに、若狭なんてところ、行ったのかしら？……」

「だと思います」

「ということは、誰と行ったかが問題じゃないですか。警察が知ったら、またうるさく訊かれることになるわ」

「その可能性はありますね」

「いやだわ、そんなの。第一、恥さらしじゃありませんか。夫の浮気を知らずにいたなんて、いい笑いものですよ。おまけに、あげくの果てに、亭主を殺されちゃったなんて。テレビのワイドショーのネタにされちゃいますよ」

「いや、浮気かどうかわかりませんよ。まして浮気が原因で殺されたなんて……」

「だけどそうでしょう。そういうことになるわけでしょう？」

アメリカ映画のヒステリー女ほどではないけれど、細野未亡人はかなり一途に思いつめている。

「困るわ、困りますよ。だいたい浅見さん、あなた、よけいなことを持ち込まないでくれませんか。うちには女の子もいるんですからね。父親が殺されたことだけでも、行く先々で噂されるでしょう。学校なんかでも、すっかり萎縮しちゃっているんですよ。このうえ、殺された原因が浮気だなんて、破廉恥なことになったりしたら、もう生きてはいけませんよ、あの子」

一気にまくし立てて、フーッと溜息をついて、ふいに黙った。新しい事態によって、これから先に予想されるあれこれを思うと、物を言う気にもなれなくなったのだろう。

「しかし、だからといって、そういう疑いのあることを、放っておくわけにはいかないと思いますが」

浅見は遠慮がちに小声で言った。

「それに、はたしてそうなのか、決まったわけでもありませんし」

「でも、ちょっとでも疑いがあれば、警察は徹底的に調べるんでしょう？　そうなったらマスコミだって、警察以上にしつこくやってきますよ。玄関前にカメラを据えたりして。もうああいうのたくさん……ひとの不幸をメシの種にしているんだから、もう……」

言いながら、未亡人は上目遣いにギロリと浅見を睨んだ。

「もしかして、あなた、浅見さん、写真週刊誌に記事を売ったりするんじゃない？」

「とんでもありませんよ！」

浅見は、このときばかりは声を荒らげた。庶民のノゾキ趣味を食い物にするような、俗悪週刊誌と一緒にされてはたまったものではない。

「僕はこうして知りえたことを、マスコミに売ったりなんかしません」

「でも、警察には売るんでしょう？」

「警察？……いや、奥さんがそうするなとおっしゃるのなら、警察にだって黙っているつもりですよ」

言ってから（しまった——）と思った。かりにも警察庁刑事局長の弟である。殺人事件の有力情報をキャッチしながら、口を噤んでいていいわけはない。しかし、こうも立派に宣言した以上、あとの祭りであった。

「ほんとに？　ほんとに黙っていてくださるんですね？　ありがとうございます」

未亡人は縋るように言って、深々と下げた頭をしばらくは上げようとしない。浅見はいよいよ、悪事に加担するような心境になっていった。

「はあ、黙ってはいますが……しかし、このことは奥さんの口から警察に伝えたほうがいいと思いますよ。いや、ぜひそうするべきです。そうでないと、喜ぶのは犯人ですからね。もちろん、この若狭のことが事件に関係あるかどうかはわかりませんよ。わかりませんが、警察にとっては、捜査を進展させる、きわめて有力な情報であるかもしれないのです。警察には、マスコミに知られないよう、くれぐれも秘密裡に捜査を進めてくれって頼めば、悪いようにはしないでしょうし」

「だめ！　だめですよ、そんなの。警察に話せば、絶対にマスコミに洩れますって。そうでなくても、あの人たちはどこでどう嗅ぎつけてくるのか、ほんとにびっくりしちゃうくらいなのに……とにかく、いまは黙っていてください。いずれは警察にも教えなければならないにしても、当分のあいだは私一人でやります」

「は？　奥さん一人で——というと？」

「ですから、私の手で主人の浮気相手を調べて、それから警察に教えてやります」

「えっ、じゃあ、奥さんが事件を捜査しようというのですか？」

「捜査なんて言うとオーバーですけど、でも、主人が浮気していたというのなら、その証拠の一つや二つはこの家のどこかで発見できるかもしれないでしょう。主人は身辺をきれいにしてから死んだわけじゃないのですからね。彼女の手紙か電話番号を書いたメモぐらい、あるはずです。それを糸口にして、その女を突き止めてやるわ」

すでに目の色が変わっている。未亡人の心理状態は、ただごととは思えなかった。

「奥さんのお気持ちは、たいへんよくわかりますが」

浅見は持て余しぎみに、横町のご隠居のような口調で言った。

「しかし、お一人でそういうことをなさるのはきわめて危険ですよ。何しろ、相手は殺人を犯しているのですからねえ」

「あら、だって、相手は女でしょう？」

「いや、女性かどうかもわかりませんよ。むしろ腕力のある男と考えるべきでしょう。ご主人を殺害した手口は、とても女性のやり方とは思えませんしね」

「それにしたって、その女の亭主か何かに決まっているじゃないですか」

未亡人の口元は、悔しそうに歪んだ。

「だったら、浅見さんも協力してくださるといいんだわ。そうですよ。ねえ、そうしていただけませんか？　一緒に犯人を捕まえてくれませんか？」

「えっ、僕がですか？　驚いたなあ……」

浅見は思わず本音を発した。彼女の強引さに驚いたこともちろんだが、それよりも自分の目的が、これ以上はない理想的なかたちで達せられそうなことに驚いてしまった。

第三章　北の岬

1

マスコミにも警察にも沈黙を守る——とは言ったものの、浅見は三人の人物には、細野家での、ことのしだいについて話すことになった。

三人の一人は例の軽井沢のセンセこと内田康夫である。

「へえー、未亡人と共同捜査か。そいつは願ったり叶ったりだね」

内田は無邪気に喜んだ。この男にとっては殺人事件の被害者やその遺族の不運よりも、それが自分の書く小説のネタになるか否かが重大関心事なのだ。

「それじゃ、うまくすると捜査費用も未亡人が出してくれるかもしれないな」

「だめですよ、そんなものはもらえるわけがないじゃないですか。だいたい、この話は捜査じゃなくて、あくまでも取材として動いていることを忘れてもらっちゃ困りますよ。とにかく最初の約束どおり、交通費やコーヒー代の実費は、すべて内田さんのほうに請求しますから、ちゃんと払ってくださいよ。まったく油断も隙もない」

「ははは、冗談だよ。取材費はちゃんと耳を揃えて振り込みますよ。もっとも、現場が高島平じゃ、交通費といっても高が知れてるだろうけどね」

「しかし、ひょっとすると若狭へ行くようなことになりかねません。いや、たぶん行くでしょうね。そうなると、かりに僕の車で行くにしても、一泊か二泊はしますからね、覚悟してください」

「ははは、わかったわかった。高速料金とガソリン代ぐらいは大したことはない。それと宿泊費か。それだってビジネスホテルなら、一泊三千円か四千円だろう？　気にしないで、大船に乗ったつもりでいてよ」

売れっ子作家を自称するわりには、どうも言うことがセコい。浅見は文句を言う気力も失せた。

「そうか、若狭ねえ……行ったことはないが、ムードはあるんじゃないの。まあ、せいぜい頑張って、いい事件簿をまとめてきてよ。ちょうどカッパ・ノベルスの締切りが迫って、困っていたところだから、それに使わせてもらうかな……うん、『若狭殺人事件』

なんて、タイトルも悪くない。そのためには高島平じゃなくて、若狭で事件が起きてくれないと困るのだが……若狭へ行ったついでに、何か事件をみつくろってきてよ」

内田は勝手なゴタクを並べると、こっちの返事も無視して、さっさと電話を切った。

（あんなことでは、いい死に方はしないね、きっと——）

浅見はつくづくそう思った。

二人めの樹村昌平には、電話ではなく直接、彼の会社に会いに行った。

洋酒メーカー『S』の本社ビルは、東京の真ん中、虎ノ門にある。地上二十階の美しいビルだ。大会社どころか、三流企業ですら勤められなかった、落ちこぼれの浅見の目には、建物の外観も内側も、そこに出入りする人びとも、すべてが眩しすぎる。

美人の受付嬢に樹村に取り次いでもらうと、地階にある喫茶ルームで待つようにという指示であった。

ちょっとした打ち合わせに使えるような、明るい雰囲気の店で、『S』ブランドのビールやワインやブランデーのボトルがずらっと飾ってある。

樹村はやってくるなり、「浅見さん、ビール、やりますか？」と言った。さすがに洋酒メーカーだけに、仕事中でも客にアルコールを勧める習慣になっているらしい。

「いえ、車ですから」

浅見は慌てて手を振った。

樹村は自分も飲むつもりだったのか、ちょっと残念そうにしていたが、二人ともコーヒーを注文した。

「そうですか、そんなことがあったのですか……」

浅見の話を聞くと、樹村はしんみりした顔になった。

「しかし、意外ですねえ。細野が浮気なんかするとは思えなかったけどなあ……」

「そんなに真面目なひとだったのですか？」

「いや、真面目というより、早い話、小心といったほうがいいでしょうね。かなり思い切ったこともする男だけど、こと女性に関するかぎりは引っ込み思案だったみたいですね。広告屋なんて、けっこう派手なところがありますからね、その気になればいくらでも浮気のチャンスぐらいありそうだけど、私の知るかぎりでは、細野は何もなかったと思いますよ」

「樹村さんがそうおっしゃるのなら、やはり間違いなのかもしれませんね」

「そうとは言いきれませんよ。細野のすべてを私が知っているわけじゃないですからね。私の気づかないところで、彼なりにいろいろやっていたのかもしれない。現に、トラバーユも考えていたし」

「トラバーユというと、転職ですか？」

「そう……といっても、同じ広告代理店ではあったようですが」

「引き抜きですか？」

「そういうとカドが立ちますがね。まあ、かっこよくいえばヘッドハンティング。この世界では珍しくもありません。ことに、彼の場合、わが社を担当していたでしょう。そういうと何だけど、クライアントとしては大手ですからね。その『S』社を担当しているとなると、ライバルの広告会社が食指を動かしても不思議はないのです」

「そのことと事件と、関係はないのでしょうか？」

「関係……というと、どういう？」

「たとえば、何か企業秘密だとか、情報を握っていて、それをライバル会社にお土産にするとか」

「ははは、それはあなた、ミステリーの読みすぎですな。細野の立場では、企業秘密を握るチャンスなんて、まったくあり得ませんよ。まあ、せいぜいうちで出しているブックレットのノウハウぐらいなものでしょう。そんなものは秘密でも何でもない。これがもし、不動産会社だとか、建設会社なんかだと、汚職や疑獄がらみの話もあるかもしれませんがね。それに、細野に聞いたところによると、転職もうまくいかなかったらしい。事件の何日か前にここで会ったとき、どうやら断られそうだとか言って、がっかりしていました。だから、細野が死んだと聞いたとき、私は彼が悲観して自殺でもしたのかと思ったくらいです」

「細野さんが勤めていたのは、たしかD企画でしたね。D企画といえば、僕なんかには羨ましいほどの勤め先に思えるのですが、そんなに、細野さんはD企画を嫌っていたのですか？」

「いや、嫌っていたというほどのことはないでしょう。しかし、いまの世の中——というか、広告関係の人間は、なるべく生きのいいうちに自分を高く売っておきたいのです。当然ながら、引き抜きの条件はかなりよかったのでしょう。細野もすっかりその気になっていました。それに、そもそも勧誘したのは、先方のほうだったのですからね。彼が頭にくるのは無理もありませんよ」

「引き抜こうとしたのは、どこの会社なのですか？」

「Tエージェンシーですよ。名前は知っているでしょう？」

「もちろん知ってます」

Tエージェンシーは大手電鉄グループ資本系の広告代理店で、業界では五、六位にランクされている。

「そうですか、Tエージェンシーなら、細野さんが乗り気になるのも当然でしょうねえ。それにしても、自分のほうで勧めておきながら、一方的に断わるというのが事実であれば、失礼もいいところですね」

「たしかにそうです。Tエージェンシーにしてみれば、おそらく、『S』にコネのある細野を取れば、うちの社に食い込めると思ったのでしょう。しかし、調べてみると細野にはそれほどの力がないことがわかった——そんなところじゃないかと思いますよ。細野は自分のクリエイティブな才能そのものを評価してくれたと思っていたのかもしれないが、現実は冷酷なものなのです」

「それにしたって、ひどい話です。細野さんはそれで、おとなしく引き下がったのでしょうか？　僕ならカーッとなって、怒鳴り込みますけどねえ」

「ははは、威勢がいいですな。浅見さんは江戸っ子でしょう」

「いや、江戸っ子でなくても、そんな理不尽なことは黙って容認すべきではありませんよ。いや、細野さんだって、ひょっとすると殴り込みをかけたのかもしれない。それが事件の発端になったとは考えられませんか」

「ははは、どうもあなたは、何でも事件に結びつけたがるひとですな」

坊ちゃん気質の浅見から見ると、樹村は、いかにもおとなであった。年齢も十歳違うそうだから、仕方がないともいえるが、それにしても、自分は稚い——と、つくづく思った。

おとなといえば、諏訪江梨香に対してさえ、浅見は、おとなの女性を感じてしまう。たしか、歳はまだ二十五になったかならないかのはずだが、三十三歳の浅見の目には眩しいほど、完成されたおとなの「おんな」に映るのである。

その江梨香とは、樹村と会った日の夜、また新宿の滝沢で待ち合わせた。

2

諏訪江梨香は、このあいだとは違う、淡いブルーのスーツを着ていた。襟と袖口に太い濃紺の縁取りをあしらったデザインは、見るからに理知的な印象を与える。

若狭が細野の浮気旅行の行き先だったかもしれない——という浅見の話に、江梨香は首を傾げた。

「信じられないわねえ、細野さんがそういうひとだったなんて……」

意外そうな口振りである。

「人は見かけによらないって言うけど、もしそれがほんとなら、私って、よっぽど人を見る目がないんです」

「いや、あなただけでなく、細野さんの奥さんも、樹村さんも同じようなことを言ってましたよ。細野さんには、絶対にそんなことはあり得ないって」

「でしょう？　そうですよ、あり得ませんよ、そんなこと……でも、そうなんですか。若狭へ行ったのを、奥さんがちっとも知らなかったんですか……えっ、じゃあ、その浮気の相手が、今度の事件の原因？……」

江梨香は気がついて、脅(おび)えた目の色になった。

「その疑いがあると、奥さんは信じ込んでしまったのです」

「そりゃそうですよねえ。私だってそう思いますもの。それで、警察はどう言っているのかしら？」

「いや、警察にはまだ教えていません」

しばらくのあいだは警察に知らせずに、細野未亡人が独自の「捜査」を始めることを、浅見は説明した。

「ふーん、そうなんですかア……立派ですねえ。でも、浅見さんが応援するのなら、できそうかもしれない。だって、あれでしょう、浅見さんて、名探偵なんでしょう？　樹村さんに言われて、あれから内田康夫さんの本、いろいろ読みましたけど、ずいぶん活躍なさっているんですね。浅見さんのこと、見直しちゃいました」

「とんでもない。あんなの、みんなでたらめですよ。あの人は僕が取材してきたことを勝手に脚色（きゃくしょく）して、無責任なことばかり書くものだから、わが家ではいつも顰蹙（ひんしゅく）をかっています。いや、そんなことはともかく、細野未亡人が自分で調べる気になったのはいいのですが、僕としては困っているのです。それで諏訪さんにぜひお願いしたいと思って、ここに来ていただいたのです」

「はあ、私にお願いって、何ですか？」

「細野さんの奥さんに協力してあげてくれませんか？」

「えっ？　あら、それは浅見さんが……」

「いや、そうはいかないでしょう」

「どうしてですか？」

「どうしてって……困ったな。だって、相手は僕より年上とはいっても、まだ四十前の未亡人ですよ。そんなお宅に、僕みたいな人間がチョクチョク出入りしたら、ご近所にへんな目でみられますよ」

「あっ、ああ……ははは……」

江梨香はおかしそうに笑いだした。

「そういえばそうですねえ。浅見さんはハンサムだし、冗談でなく、ほんとに不倫かと思われかねないわ」

「笑いごとではないのです。ですから、諏訪さんに協力していただきたいのです」

「ええ、それはまあ、私にできることなら、しないわけでもありませんけど……でも、協力って、何をすればいいんですか？　一応、仕事もあるし、そんなにお手伝いはできないと思いますよ」

「ときどき、連絡係を務めていただければいいのです。いま彼女は、ご主人の残した書類なんかを整理して、手掛かりがないか探しているはずです。もし協力していただけるのなら、何かあった場合、あなたのところに連絡が行くようにしておきますから、相談に乗ってあげてほしいのです」

「相談だなんて……私なんか何の役にも立ちませんよ」

「そんなことはない。諏訪さんはただの女性ではなく、推理小説をお書きになるのだから、頼り甲斐があります」

「だめですよ、頼りになんかなりませんて」

「そう言わないで、助けてあげてください。お願いしますよ」

浅見は両手をテーブルについて深々と頭を下げた。

江梨香はそういう浅見を眺めて、溜息をつき、「驚いた」と呟いた。

「は?」

問いかける浅見の目を見返して、江梨香は微笑を浮かべながら言った。

「浅見さん、これって、ボランティアなんでしょう?」

「えっ? ああ、そういうことになります。だから、頼みにくいことなんですが」

「ううん、そうじゃなくて、浅見さん自身、ボランティアでしょう?——って訊いているんです」

「ええ、まあ、そうです」

「でも、どうしてなんですか? どうして浅見さんがそこまでしなきゃいけないんですか? 警察に任せてしまえばいいのに」

不思議そうに言われて、浅見は「はあ……」と返事に困った。

「たしかに、あらためてそう訊かれると、何て言えばいいのか……趣味だなんて言ったら怒られますかね?」

「趣味?……」

江梨香は一瞬、眉をひそめた。

「あ、やっぱり気分を害したでしょう。殺人事件に関わるのに、趣味だなんて言うのは、なんとも不謹慎だと思うでしょう？　しかし、正直な気持ちを言えば、やっぱり趣味としか言いようがないのですよ。謎が複雑だったりすると、ワクワクするし、事件が解決する瞬間なんて、パチンコでオール７を出したときみたいに興奮したりして……こんなのが世のため人のためだなんて、とても言えたものじゃありませんね。でも、うまいこと事件が解決したりすれば、結果的には多少、世の中のためにはなると言えるかもしれません。その点、パチンコやファミコンゲームにうつつを抜かすよりは、いくらかましかな——と思っています」

「でも、交通費だとか、けっこう経費もかかるんじゃありません？」

「はあ、それは頭の痛い問題です。しかし、趣味には金がかかるとしたものでしょう。それに、交通費ぐらいの出費は、無責任先生からふんだくってやります。もちろん、諏訪さんの分だって大丈夫ですよ。といっても、あのひとはケチですからね。全額出すかどうかは保証できませんが」

「ははは……」

江梨香は笑いだした。

「浅見さんて、ほんとにシャイなひとなんですね」

「そう、でしょうか……」

「そうですよ。だって、ボランティアをするのに、趣味だとか、パチンコなみだとか、露悪的なことを言って、ご自分をわざわざ貶めているんですもの。かわいい……」

笑いながら、江梨香はすばやく目頭を押えている。どういう意味の涙なのだろう——浅見は当惑して、「参ったなあ、そんなにおかしいですか……」と、あらぬ方向に視線をさまよわせた。

3

その夜遅くに、内田から電話が入った。

「若狭にはまだ行かないの？」

いきなり訊いた。

「まだですよ、目下資料を集めているところです。さっぱり知識がありませんからね」

「そうだろうと思ったから電話したんだ。じつはね、僕の知り合いが関西電力の美浜原発に勤務しているのを思い出してね、それで、きみが若狭へ行くと言ったら、ぜひ寄ってくれと言うのだ。もともと若狭の生まれだから、案内役にはなると思うよ」

「あ、それはありがたいですね」

「それに、彼は広報を担当しているから、何かPR記事でも書いてもらおうというハラかもしれない。それなら、取材費はそっちのほうから出ると思ってね」

何のことはない、内田の狙い（ねらい）は結局、それだったのだ。開（あ）いた口が塞（ふさ）がらない。

それはそれとして、何のアテもなしに行くよりは、曲（ま）がりなりにも知人がいたほうがいいことはたしかだ。浅見にとって、若狭はほんとうに未知の国であった。

若狭に関する資料を集め始めて、浅見はこれまで『旅と歴史』などに紀行文や旅行案内を書く仕事を通じて、同じように資料集めをしたのとは、少し異質といっていい印象を懐（いだ）いた。

ひと言（こと）でいうと、若狭には、日本や日本人の原点といえるような、優（やさ）しさや美しさや、それに「わび」「さび」が、しっとりと、ときには哀（かな）しげに漂（ただよ）っているような気がしたのだ。

原子力発電所がいくつもあるというのに、「わび」「さび」でもあるまい——と言われそうだが、浅見にはそう思えた。

日本じゅうのあちこちで拒絶（きょぜつ）反応にぶつかっている原発が、若狭地方にだけあれほど集中的に建設されたのがなぜなのか、そのこともわかるような気がする。

若狭人の多くは、たとえば声高に「絶対反対」などと叫んだりしないのではないだろうか。むしろ、大声で何かを言われると、目を伏せて、思わず頷いてしまいそうな、弱さと優しさのイメージがある。

日本のどこかで、誰かが犠牲にならなければならないのなら、原発もやむをえない——と受け入れたのかもしれない。

反対派の人びとから見ると、そういう人の好さはもどかしく、苛立たしく思えてならないだろう。しかし、考えてみると、現代日本の繁栄は、そういう妥協や犠牲を踏み台にして成立してきたのだ。ダムや道路や鉄道が建設されるたびに、日本じゅうの庶民がそれぞれ、その場その場で身を引き、世のため人のために貢献した。そうやって痛みを分かちあうことによって、このちっぽけな敗戦国は世界に冠たる経済大国にまでのし上がったのである。

国の繁栄が必ずしもいいことかどうかはわからない。妥協や犠牲を愚かしいことと嗤う人もいるだろう。原発や空港建設に反対して頑張りつづける人びともいる。それはそれで立派な主義主張があってのことだ。水俣病や原子力船『むつ』の放射能漏れ等々、企業や国を信じて、土地を譲り、海を提供した結果が裏切られたケースはいくらでもある。幼いころ慣れ親しんだ東京湾や大阪湾内の潮干狩りなど、いまはほとんど見られない。地方のいたるところの海岸から、白砂青松の美しい風景は失われた。いったい、あの海は誰のもので、どこへ行ってしまったのかを思うと、たしかに繁栄の虚しさを感じないわけにはいかない。

繁栄を得る代償に失ったものはとてつもなく大きい。人びとは多くの隣人の妥協や犠牲によって、現在の繁栄を享受していることを忘れるべきではない。成田からハワイへ飛び立つ飛行機の中で、空港に土地を譲った農民の気持ちを想い、街の灯りを見て、ダム湖に沈んだ村の農民や、原発に海を譲った漁師の心を思いやるくらいのことがあってもいい。

若狭の資料にどっぷり浸かっていると、ふだんは軽薄に生きているような浅見でさえ、そんな感慨が湧いてくる。

地方色――という色分けをするならば、東京や大阪は活気に満ちた「赤」。それに対して若狭は淡い「水色」――哀しみの色こそがふさわしいかもしれない。

細野が書いた「死舞」の主人公である、初老の女性の、滅びへと傾斜してゆく心理状態も、若狭を知るにつれて、なんとなく理解できそうな気がしてくるのだった。

それにしても、細野がそこまで若狭を理解し、あの小説を書けたというのは、洞察力や創造力もさることながら、かなりの取材を必要としたことだけはたしかだ。

それにも拘わらず、細野がいったい、いつ、誰と若狭を訪ねたのか、知る者がまったくいないというのも、奇妙なことであった。細野未亡人からも、それについての報告は、いまだに届いていない。

浅見のほうは、いつでも若狭に行ける準備は整っていた。

若狭地方の資料の最後に、書店に頼んでおいた二万五千分の一の地図も全部揃った。敦賀から西の若狭湾沿岸一帯の地図である。

敦賀、河野、杉津、竹波、早瀬、三方、常神、西津、小浜、鋸崎、高浜、難波江――と、それぞれの地図をつないでゆくと、畳二枚分ほどになる。絨毯の上に十二枚の地図を広げ、浅見は腹這いになって海岸線とその周辺の地名を調べた。

細野の小説に出てくる「城ヶ崎」は東から数えて五番めの「早瀬」の地図の右上隅にあった。これが小説に書かれたのと同一のものであるなら、城ヶ崎はちゃんと実在していることになる。

城ヶ崎は、敦賀原発と美浜原発のある半島の西の付け根に近い、菅浜という小さな漁港を、日本海の荒波から守るように、日本海に突き出した盲腸といったちっぽけな岬である。これではドライブマップのような大まかな地図には名前が載らないはずだ。

（こんなところに、細野は何をしに行ったのだろう？――）

浅見はぼんやり「城ヶ崎」の活字を眺めながら、まだ見ぬ若狭の海の、緑がかった鈍色の風景を思い浮かべた。

かりに取材目的で訪れたにしても、数えきれないほどある若狭の岬の中から、細野はなぜこの岬を選んだのか——それも不思議なことに思えた。

事件捜査に新たな展開があったというニュースはまったくないまま、日にちばかりがどんどん流れた。

冬型の気圧配置が長続きしない冬であった。寒中だというのに、三、四日ごとに、春先のような温かい日が巡ってくる。例年なら気にもかけたことのない若狭地方の雪の便りが妙に気になる。

日本海を吹き渡ってきた北西風は、若狭湾から琵琶湖付近を抜けて、関ヶ原や名古屋地方に雪を降らせるのだそうだ。この時季、新幹線が遅延するのは、若狭方面から吹き込む雪が原因であることが多いという。

4

待つこと久しかった細野未亡人からの電話がきたのは、一月二十一日のことである。

「じつは、変なものを見つけたんですけど」

細野菊代は浮かない声で、内緒話でもするように言った。

「変なもの、ですか？」

「ええ、ちょっと……」

歯切れの悪い口調だ。浅見は内心の苛立ちを抑えて訊いた。

「どういうものですか？」

「それが、ちょっと……あの、文集なんですけど」

「文集？　というと『対角線』ですか？」

「いえ、そうじゃなくて、『北星文学』っていう、石川県の同人誌みたいなものです」

「はあ……それが何か？」

「それにですね……いえ、やっぱり浅見さんに来ていただいたほうがいいと思うんですけど」

「わかりました。それじゃ、今夜にでも早速お伺いします。あ、そうそう、諏訪さんにも一緒に付き合ってもらいますが、かまいませんか？」

「えっ、諏訪さんですか？……あの、それはちょっと……」

「諏訪さんだと、何か具合の悪いことでもあるのですか？」

「いえ、そういうわけじゃないのですけど、ちょっと……」

未亡人はしきりに「ちょっと」を連発する。よほど、いわく言いがたい理由があるらしい。なんだか秘密めいて、浅見はますます気の重いことではあった。

しかし、当人が困るというのでは、やむを得ない。浅見は少し時刻を繰り上げて、夕方に細野家を訪れた。

もっとも、細野家は菊代未亡人のほかに娘の清佳が学校から帰ってきていた。早い夕食をすませて塾へ行くのだそうだ。浅見が菊代と話している居間の隣りのダイニングキッチンで、テレビのアニメを見ながら、ハンバーグステーキを頬張っていた。

「これなんですけど」

菊代は説明抜きで『北星文学』をテーブルの上に置いた。

白地に青と緑と墨の三色刷りの表紙で、人面をした奇妙な獅子のイラストの上に、明朝体の活字で大きく『北星文学─第51号』と印刷されている。ページ数は百二十八ページ。『対角線』などに較べると、はるかにしっかりしていて、歴史の重みのようなものが感じられた。

目次を開くと、小説が六作品収載されている。ほかに詩が二篇、随筆が四本──なかなかのラインナップだ。

「これを読んでください」

菊代は小説の中の一つを指で押えた。

『黒い男の記憶』――比良真佐子

浅見は菊代の意図を量りかねて、チラッと彼女の顔を見た。菊代は浅見の視線を避けるように、娘のほうを気にして、「早く食べないと、遅れるわよ」と催促している。どうやら娘には知られたくない話のようだ。

浅見は黙ってページを繰った。

すぐに、細野未亡人の不可解な様子の原因がわかった。

細野久男の作品「死舞」の原型がそこにあった。比良真佐子という女性が書いた『黒い男の記憶』の描写のかなりの部分が、「死舞」にそのまま引用されていた。もちろん、ミステリー仕立てにしたあたりでは、多少、手を加えたところもあるけれど、若狭の風物を描いた文章を中心に、「私」のモノローグ風に綴られた文章などは、まったくといっていいほど原形に近い。

奥付の発行日は去年の五月二十日である。つまり、細野の作品を比良真佐子が盗用したものでないことは明らかだ。

「なるほど……」

浅見はポツリと呟いた。いろいろな意味を込めた「なるほど」であった。これなら、未亡人が『対角線』の同人である諏訪江梨香の来訪を拒んだわけも納得できる。

娘の清佳を送り出すまで、気まずい沈黙が流れた。

外は完全に暮れきっていた。明かりを灯した家に未亡人と二人だけでいるのは、どうも気詰まりだが、ことがことだけに、そうも言ってはいられない。

「主人の残したものをいろいろ調べていたら、この本が机の引出しに秘密っぽくしまってあったもんで、何気なく読んでみたんです。そしたらこんな……」

菊代は情けなさそうに首を振った。

「その前に、浅見さんから『対角線』の『死舞』がいいって聞いて読んで、主人にしては最高傑作だわって感心していたところだったんですよねえ。だからもう、いやになっちゃって……」

彼女の愚痴に、浅見は返す言葉が見つからなかった。

「でも、考えてみると、主人が盗作をした気持ちもわからないではないんです」

菊代はしんみりした口調で言った。

「あの人、『対角線』に作品を発表するたびに、同人のみなさんにこっぴどくけなされてばかりいて、完全に落ち込んでいたんですよね。それに、私だって悪いのかもしれない。彼の書くものを、ぜんぜん読まなくなっちゃったし、はっきり言って、ばかにしたような態度を見せていましたからね。そういうのに対して、半分は冗談みたいな気持ちで、あの作品をぶつけてみて、反応を試そうとしたんじゃないでしょうか。だって、盗作したからって、市販されている雑誌に載せられるものでもないのだし、そういう意味では何のメリットもないわけですものね」

「そうかもしれません」

浅見は頷いた。事実が彼女の言うとおりかどうかはともかく、細野未亡人が夫の行為を弁護しようとする、その気持ちは肯定できる——と思った。

「これ以外に、若狭地方に関係する資料は、何か見つかりませんでしたか？」

「いいえ、何も……ずいぶん探してみたんですけど、若狭のことは、ごくふつうのガイドブックに、三、四ページ載っている程度のものしかありません。それに、ここのところに執筆者の住所が載っているのですけど、この比良っていう女性は、福井県の三方町っていうところに住んでいるんですよね。三方湖のほとりの、梅林に囲まれた土地のこと、詳しく書けるはずだわ。それは主人もそのまま引き写して書いてますから、主人がこの比良さんていう女の人の作品を盗(ぬす)んで、『死舞』を書いたことは間違いないんです」

浅見は沈黙することで、彼女の意見を肯定するしかなかった。

「いったいこの女性は、主人にとってどういう関係のひとなのかしら?」

菊代にしてみれば、むしろそのことが気になるらしい。さすがの浅見にも、そこまでは気が回らなかった。

「たぶん、何の関係もない女性だと思いますが」

「でも、この『北星文学』っていう本、どうやって手に入れたのかしら?」

「それはまあ、偶然(ぐうぜん)、入手するということもあり得るでしょう」

「だったら、こんなふうに盗用されたら、このひと、怒りますよね」

「はあ、それはまあ……」

「それで主人を殺したっていうことはないでしょうか?」

「えっ、まさか……」

浅見はギョッとしながら、苦笑(くしょう)した。

「いくら何でも、たったそれだけのことで殺人を犯したりはしませんよ。しかも相手は女性ですからね」

「女だって、いざとなればそのくらいのことはしかねないわ」

「そんなことは……それに、『対角線』が出たのはほんの二ヵ月前ぐらいでしょう。しかも、そう言っては悪いけれど、『対角線』はこの『北星文学』と違って、同人でさえ読まない程度のマイナーな雑誌です。発行部数も少ないし、石川県や福井県の関係のない人が読むとは、とても考えられませんね。だからこそ、ご主人は安心して盗用したのでしょうし」

「それはそうかもしれないけど……でも、現実に主人は殺されたんですよ」

「だからといって、いきなりこの女性と結びつけるのは無理です」

「でも……」

細野未亡人は悔しそうに唇を噛み締めた。

「わかりました、僕が行ってみましょう」

浅見は彼女を宥めるように言った。

「行くって、若狭へですか？」

菊代は目を丸くした。

「ええ、そうです。行って、それとなく、その比良真佐子という女性の様子を観察してきますよ。もし必要だと思ったら、話も聞いてくることにします」

「でも、若狭って、福井県の……遠いでしょう？」

「はあ、遠いですね」

「そこへ浅見さんが行くんですか？　大変だわ」

「そうでもありません。僕はしょっちゅう日本じゅうを走り回って、旅慣れていますから。それに、旅関係の雑誌にルポを書けば、旅費ぐらいは何とかなるのです」

「そうですか……私たちのためにいろいろしてくださって……ほんとにありがとうございます」

細野未亡人はわずかに目を潤ませ、小さくお辞儀をした。

「あの、何もありませんけど、お夕食召し上がっていっていただけませんか？　戴き物のワインもございますし」

「いや、とんでもない。すぐに失礼します」

浅見は慌てて立ち上がって、ふと思い出して言った。

「そうそう、ご主人が転職を考えておられたこと、ご存じでしたか？」

おそらく知らなかったのではないか――と思いながら訊いたのだが、未亡人は「ええ」と頷いた。

「えっ、ご存じだったのですか？」

意外な気がしたのを、浅見は正直にそのまま言葉にした。

「いえ、じつは、主人が生きているころは知らなかったのですけど、こんど探し物をしていて、履歴書を見つけましたの。それも、去年の暮れ近くに書いたばかりのものでした。たぶん私には内緒にしていたのでしょう。書類を入れる角封筒の中に、それも『対角線』に挟んで隠してありました」

「ほう……」

未亡人は「隠して」と言っているけれど、浅見は違うと思った。

「その角封筒の中身ですが、そのほかにも何か入っていませんでしたか?」

「入ってました。『S』で出している『バッカス時代』というブックレットが何冊か」

「ああ、やっぱり」

浅見が大きく頷くのを、未亡人は怪訝そうに見つめた。

「それは隠していたのではありませんよ。ご主人はおそらく、『対角線』の小説を、『バッカス時代』と一緒に、トラバーユの武器にしようとされたのでしょう。つまり作品見本というわけです」

「あら、そうなのかしら?……」

浅見説を聞いて、未亡人はますます滅入ってしまったようだ。

「いやですわねえ、他人のナントカで相撲を取るみたいで……」

浅見は（しまった――）と思った。よけいなことを言わなければよかった。口は禍の門とはよく言ったものである。

「いや、それは僕の下司の勘繰りだと思います」

急いで弁明したが、未亡人の落ち込みぶりを見るかぎり、あまり効果があったとは思えなかった。

5

浅見の「勘繰り」は、しかし当たっていたのである。

翌日、浅見は細野がトラバーユを望んだというTエージェンシーを訪ねて、その事実を確かめた。

Tエージェンシーでは、人事課長の滝本という人物が会ってくれた。五十歳前後の痩せた神経質そうな男だ。度の強いメガネをかけていて、下を向くたびに、鼻先までずり下がるのが気になった。

「たしかに細野久男さんが当社に入りたいというお話は承りました。もともとは営業と制作部のほうから言ってきた話でして、私のほうとしては、事務的な手続きのみに参画したようなわけでして」

「とおっしゃると、つまり、営業や制作部の方が推薦されたということですね？」

「そのとおりです」

「それが途中でだめになったのは、どういうわけでしょうか？」

「えっ？　いや、だめになったとは聞いておりませんよ。いまも申したとおり、私のほうとしては、単に事務的な手続きを行なっておりまして、てっきり入社が決まったと思っていましたが、何かの間違いじゃありませんか？　いずれにしても私のほうは詳しい事情については知りません」

妙ないちゃもんでもつけられてはかなわない――という姿勢である。それにしても、これは浅見には意外なことであった。

「それでは、もし差し支えなければ、推薦なさった方にお会いしたいのですが」

「そうですなあ……」

滝本人事課長はちょっと思案したが、断わる理由に思い当たらなかったのだろう、制作部の部屋に案内して、制作部第一課長の宮地という人物を紹介した。

宮地はコピーライターだそうで、手編みらしいセーター姿という、いかにもアドクリエイターらしいいくだけた恰好をして、なかなかのダンディぶりだ。

宮地の話によると、人事のほうに細野を推薦したのは宮地と、営業にいる片山（かたやま）という男だそうだ。

「片山がどうしても『S』に食い込みたいと言いましてね。それで、私が細野さんを紹介したのです」

「宮地さんと細野さんとは、以前からのお知り合いだったのですか？」

浅見は訊いた。

「いや、知り合いといっても、あちこちのパーティだとか、スタジオなんかで顔見知りだった程度なんですがね、たまたま同じスポンサーを担当していたことがあって、多少は親しくしていたという……何たって、狭い業界ですからねえ」

「それで、せっかく、細野さんも乗り気になっていた話が、なぜ中途でだめになったのでしょうか？」

「いや、だめになったと決まったわけじゃないですけど、細野さんの気持ちの問題ですからね、私のほうでは何とも……」

「えっ、それはどういう意味ですか？」

「いや、こっちとしては細野さんを推薦したのだし、人事のほうもべつに異論（いろん）はなさそうだったし、最終的に重役との面接もやって、何も問題なくて、早ければ四月の年度変わりまで待たずにウチに来てもらうつもりだったんですよ。ところが、その矢先、細野さんのほうから辞退したいようなことを言ってきてね」

「えっ、細野さんのほうからですか？」

「そうですよ。どうして気が変わったのかわからないけど、営業のやつはがっかりしていましたよ」

「理由は何だったのですか？」

「それがはっきりしないのですがね……ただ、ちょっと……」

宮地は言いにくそうに顎を撫でてから、

「どうも、作品がですね、他人のものを盗んだのじゃないかと……」

「作品？……」

浅見はドキリとした。

「そう、細野さんが手がけた仕事のサンプルをいくつか持ってきてもらったんですよ。つまり、クリエイターを採用する場合には、そういう手続きがあるわけです。最近手がけた作品――細野さんの場合はコピーってことになりますが」

「その中に『対角線』という同人雑誌がありましたか？」

浅見が切り込むように言うと、宮地は「ほうっ」と顔を上げた。

「じゃあ、浅見さんもそのことは知っているんですか？」

「はあ、細野さんのお宅で見たのですが、履歴書の入った角封筒の中に『対角線』が一緒になっていましたから」

「そう、そうなんですよ、履歴書と作品を一緒に提出してもらったんですがね。問題はその『対角線』という雑誌に書いた小説なんです。それがどうも、他人の作品を盗用したものじゃなかったのですかねえ。それで具合が悪くなって、バレないうちにと思って、辞退したほうがいいと考えたのじゃないですかね」

「しかし、それが盗作だということが、どうしてわかったのですか？」

「面接試験のときに、人事担当の重役がいろいろ、あの小説について質問しましてね。若狭に詳しい重役だもんで、懐かしかったのでしょう。ところが、細野さんはしどろもどろになってしまって、答えられないのです。要するに、若狭のことなんかさっぱりわかっていないわけですよ」

「じゃあ、重役さんが盗作を見破ったのですか」

「そういうわけじゃないです。重役はむしろ好意的な感じで、釣りの話なんかで、けっこう盛り上がっていましたからね」

「釣り？　若狭湾の釣りですか？」

「いや、東京湾とか涸沼とか、関東の釣り場の話ですよ。重役は頭にキの字がつくほど釣りが好きだけど、細野さんも釣り好きで、涸沼には私もよく行くとか、話が合っていましたね」

「涸沼……」

浅見は反射的に諏訪江梨香の顔を思い浮かべた。

「それじゃ、細野さんの入社はうまくいきそうだったのではありませんか？」

「そう、私はそう思いましたがね。しかし、細野さんとしては、それが皮肉に聞こえて、かえって辛かったのじゃないですかねえ」

浅見はそのときの細野の心情を察して、自分までが身の細る思いがした。

「盗作ということになると、当然、原作があるわけですが、それはあったのですか？」

浅見は訊いた。

「いや、そんなもの知りませんよ」

宮地は目を丸くして手を横に振った。

「いまとなっては、盗作かどうかということも、単なる憶測でしかないわけで……その点、もし間違っていたら、細野さんには申し訳ないことですがね」

「重役さんはそのことについて、何ておっしゃっているのですか？」

「盗作かどうかについてですか？　いや、それは聞いていません。気づいていないのかもしれません。私もそんな余計なことを話すつもりはありませんでしたからね。本当のところ、作品なんかどうでもよくて、要するに『S』にコネのある細野さんに入ってもらえばよかったのだから。ただ、細野さんが亡くなられた事件のニュースにはびっくりして、入社を取り止めたことと事件と、何か関係があるのじゃないかと、気にしていました。そんな関係はあるはずもありませんがね。しかしまあ、正直なことを言うと、殺されたのがウチの社に入ってからでなくてよかったですよ」

宮地は疫病神の難から逃れたことを、あからさまに喜んでみせた。

第四章　三方五湖

1

東京から若狭まで、頭の中で思い描くと、むやみに遠く感じられるけれど、実際の距離は京都へ行くより近いのであった。

名神高速道の米原ジャンクションを北へ、北陸自動車道に入ると五十キロ足らずで敦賀へ着く。そこから国道27号線でほんの三十分ばかりで美浜町域に入った。

敦賀、美浜の原発がある敦賀半島の、西側の海岸沿いの道を行くと、まもなく菅浜の集落である。地名辞典によると、人口が六百人ほどの漁港だそうだ。ダイヤモンドビーチという海水浴場があって、釣り客とともに夏は賑わうらしいが、この季節は荒涼とした日本海沿岸特有の寒村にしか見えない。いまにも降りだしそうに低く垂れ込めた雲の下で、しんと静まり返っている。

城ヶ崎周辺には、海水浴が楽しめそうな砂浜も広がっているけれど、突端付近は岩場の多い岬だ。白く泡立った波が寄せて、時折りしぶきを上げている。見るからに寒そうで、近づきがたい風景だが、たしかに小説に描かれているような場所があっても不思議はないかもしれない。

城ヶ崎を左手に見ながら、浅見は先へ進んだ。そこから五、六分で美浜原発に着いた。白い球形の建物はＰＲセンターである。実際の発電所施設は、ここから丹生大橋という原発専用の長大橋を渡らなければ行けないシステムだ。

道路に面して広い駐車場があって、マイカーが二、三十台と観光バスが二台停まっていた。バスから下りた農協の団体らしい年輩者ばかりの群れが、ＰＲセンターの建物に向かってぞろぞろ歩いてゆく。彼らのあとにくっついて、浅見も建物に入った。

以前、静岡県の御前崎近くにある浜岡原発を見学したことがあるが、そこのＰＲセンターとほぼ似たりよったりで、原発の安全性や必要性をアピールするパネルが展示され、ボタン操作によって映像と音声による解説が行なわれる仕組みもある。一、二階に展示室がいくつかあって、見学客は案内係に誘導されてコースを巡っていく。浅見のほうは受付の女性に取り次いでもらって、内田に紹介された職員を呼び出した。

内田の知人というので、五十がらみのオジンを想像していたのだが、現われたのは浅見より少し年長かと思える程度の、丸顔にメガネをかけた陽気そうな男であった。淡いブルーの原発のユニホームを着ているせいか、両手を脚の脇にピタッとつけてする敬礼の仕方が、なんとなく軍隊式だ。

「お待ちしておりました。どうぞこちらへ」

仕種も喋り方も、すべてポキポキした感じである。

見学コースとは離れた、小さな応接室に通された。

「山本といいます」

あらためて名乗って、名刺を出した。名刺には、

〔美浜原子力センター　広報室長　山本宏志〕

とあった。

「浅見さんはルポライターだそうですね」

浅見の肩書のない名刺を眺めながら、山本は言った。内田にしては珍しく、「探偵」とは言わなかったらしい。

「若狭のことをお書きになるなら、ぜひとも原発のことについて、積極的に紹介していただきたいと思います」

「はあ……」

浅見はあいまいに頷いた。あちこちの雑誌の依頼で、政治家や財界人、それに地方の名物や温泉の提灯持ちの記事は書きなれているけれど、原発ははじめてである。

「浅見さんは原発のことをどう思っておられますか？」

「どうって……不勉強で恥ずかしいのですが、原発のことは、これまであまり深く考えたことはありませんが」

浅見は正直に答えた。こと原発問題に関しては、賛成とも反対とも、要するに真剣に思い巡らせたことがない。

「危険だとお考えですか？」

山本はたたみかけるように訊く。

「まあ、チェルノブイリ原発の事故なんかがありますから、危険という意識があるにはありますが」

「おっしゃるとおりです。原発は扱い方を間違えれば、たいへん危険なものだということができます」

山本はきっぱり言って、「しかし」と声を張った。

「それは同時に、扱い方さえ間違えなければ、きわめて安全でクリーンなエネルギーだということでもあるのです。たとえば、水力発電や火力発電と比較しても、そう断言できます。危険性ということであれば、水力発電所のダムが崩壊することだって想定しなければなりません。また、クリーン度の問題にしても、それでは火力発電がいいかといえば、あの膨大な燃料消費によって発生する窒素酸化物や硫黄酸化物が地球を覆うことと比較して、はたしてどちらがクリーンかという論理までいかなければなりません。さらに重大なのは、エネルギー資源の枯渇という問題です。このまま推移すれば、いずれは石油エネルギーはゼロになります。それに替わるべき次世代のエネルギーとして、目下のところ実用化しているのは原子力だけなのです。もしいまの文明や科学を継続発展させてゆくのであれば、少なくとも現段階では、人類は好むと好まざるとにかかわらず、原発を選択しなければなりません。たしかに、チェルノブイリの例を引用するまでもなく、原発は危険を内包していることは否めません。現実に日本の、それもこの若狭でも、蒸気発生装置の細管が破断するといった事故も発生しております。しかし、原発では自動装置によって、いわばフェイルセーフが作動しますから、そういった事故が大事に到ることはありませんし、それよりもむしろ大切なのは、事故や危険なイメージを恐れてばかりいてはならないということなのです。多少の試行錯誤があっても、原子力に真正面から取り組んで、人類がかつて火を使い始めたように、また、石油やガスを利用したように、火薬を使ったように、あらゆる危険を封じ込めて、原子力エネルギーを文明の道具として使いこなさなければならないのです」

浅見はあっけに取られた。

応接室の暖房は、あまり効きがいいとは思えないのだが、山本は額に汗を浮かべて、一気に熱弁をふるった。電力会社の人間だからというだけではなく、山本は真摯な気持ちで原子力エネルギーへの情熱を燃やしているように思えた。

「驚きました。僕なんか、原発に対しては多少の関心はあっても、正確な知識も、反対・賛成の明確な意見も持っていないのですから、まったく情けない話です」

浅見は正直な気持ちを言った。

「いや、ご謙遜でしょうが、しかし、本当のところ、大多数の一般市民が、いま浅見さんの言われたような状況なのです。エネルギー問題を真剣に考えている人間なんて、国民のうちの何パーセントか、とにかくほんのわずかです。それ以外のほとんどの人は、漠然と、原発は危険なもの、恐ろしいものと感じている。感じているだけで、ではどうすればいいのか——という問題意識を持つまでには到らないのです」

「たしかにそうかもしれませんねえ。しかし、山本さんのように、これだけ立派な解説をしてくれる方が、原発のＰＲセンターにいらっしゃるのだから、僕ごときがワケ知り顔で何か書くまでもなく、いずれ原発の重要性や安全性は理解してもらえますよ、きっと」

「はあ、そう信じて一生懸命やっているのですが、しかし、なかなか思うようにはいかないのです。現実に細管破断などという人為的なミスは発生していますからね。そういう事故が起きると、ふだんは原子力など見向きもしないマスコミさんが、ワッとばかりに報道するでしょう。われわれがこうして、いくら安全だとPRしても、百日の説法屁一つでして」

威勢のよかった山本が、気の毒なほどげんなりと悄気返った。

山本はそう言うけれど、こんな立派な意見を聞いてしまうと、いまさら何も提灯持ちの記事なんか必要はなさそうに思えてしまう。もしどこかに記事を書くとしても、いまの山本の話を丸写しするしかない。とてものこと、内田が期待したような取材費を請求できそうになかった。だいたい、原発問題というシリアスなテーマを、興味本位やおチャラけた気持ちで扱うべきではないのだ。

(僕の出る幕ではないな——)

浅見は取材費のほうはあっさり諦めて、本来の目的のほうにとりかかることにした。

「じつは若狭ははじめてなのですが、観光パンフレットには載っていない、若狭の心のようなものが感じ取れる場所はどこを訪ねたらいいのでしょうか？」

「あ、失礼しました」

山本は愕然(がくぜん)としたように頭を下げた。

「自分勝手なことばかりペラペラ喋りまして、どうもすみません。浅見さんをご案内するように、内田さんに頼まれています。今回のご旅行は、城ヶ崎を見るのと、それからなんでも、三方町の女の人を訪ねるのが目的だそうですが」

「はあ、じつはそうなのです」

細野未亡人が見つけた『北星文学』の『黒い男の記憶』について、内田に電話したのは、つい昨日の夜のことである。それがもう山本に伝わっているのを知って、浅見は少し軽井沢のセンセを見直す気になった。取材費がどうのと、セコいことを言っているけれど、あれは照れ隠しであって、内田は本質的には真面目な人格者なのかもしれない。

「しかし、せっかくおいでになったのですから、せめて三方五湖ぐらいは見物してやってください」

山本はそう言って、「では行きましょうか」と立ち上がった。

「お仕事のほうはいいのですか？」

「かまいません。これもＰＲ活動のうちですから」

浅見のソアラで出かけることになった。城ヶ崎はすでに通っているが、やはりそこが小説に書かれた「城ヶ崎」であるらしい。小説の描写とはかなり違っているようにも思えるけれど、ゴツゴツした岩の多い磯であることはたしかだ。

国道27号線は小浜線の鉄道とほぼ平行して走る。美浜駅を通り過ぎたところで右折した。このあたりは田園地帯のような風景である。松原、久々子の集落を抜けると左手に久々子湖が見えた。湖の北を迂回するところが早瀬、北東側が日本海に面していて、漁港のあるかなり大きな集落だ。湖畔には観光船の発着場がある。

「久々子湖と隣りの水月湖とのあいだに水路をひらきまして、観光船が通っていけるようにしたのです。ですから、水月湖の奥の三方湖、菅湖にも船で行くことができます」

山本は説明してくれたが、浅見の頭の中には三方五湖のイメージがはっきりしていないから、あまりよく理解はできなかった。

「つまり、三方五湖のうち、日向湖以外は全部つながっているというわけです」

浅見の様子を見て、山本は補足説明をしてくれた。PRセンターにいると、見学者の理解度を判断する習慣が身につくのだろう。

まもなく車は左折して、有料道路の「レインボーライン」に入った。三方五湖周辺の山から山へ、尾根伝いに行く観光道路である。料金所のゲートを入ると、すぐに急な登りにかかり、たちまち展望がひらけた。

「右が日向湖、左が久々子湖です。どうです、きれいでしょう」

山本は嬉しそうに解説した。原発の解説のときの、血相変えたような話し方とはまるで違う。山本もまた若狭に生まれ育った「若狭の子」なのである。愛する若狭と自分の信念にまで昇華させた原発への熱き想いとの狭間で、彼は悩み、闘っているのかもしれない。

時刻は三時を回ったところだ。雲の切れ間から射し込む日の光が湖面に立つさざなみをキラキラと輝かせている。湖畔は道路を通すゆとりのないほど、きりたった斜面になっているらしい。常緑樹に覆われた暗い山と、金色にきらめき立つ湖面とのコントラストが、複雑であざやかな造形美を創り出していた。

左右に湖を望む稜線の道をゆっくり走りながら、浅見は箱庭のように緻密で変化に富んだ風景を堪能した。

この付近では最高峰の梅丈岳の山頂にケーブルカーで登ると、いっそう眺めがいい――と山本はしきりに残念がったが、あまり時間に余裕がないので、そのまま通過した。

レインボーラインは水月湖畔に下りる。岬を一つ迂回すると、そこが三方湖であった。

「えーと、この辺りですから、ちょっとゆっくり走ってください」

山本はそう言って、フロントガラスの向こうを窺うような恰好をした。

「あっ、そこです、そこを左に曲がってください」

田圃と丘に挟まれた小さな集落に入って、郵便局を通り過ぎたとき、山本は叫んだ。

細い川に沿った道を行くと、平地はしだいに狭まり、ついにはどん詰まりのような谷間になった。

周囲のなだらかな丘陵は、一面の梅林である。花の時季には、この谷間いっぱい、さぞかしいい香りが漂うことだろう。

（ここだ——）と、浅見は少し感動的な気分になった。比良真佐子の小説に出てくる描写とそっくりの風景が目の前にあった。

「ちょっと待っていてください。訊いてきますから」

山本は車を出ると、道路脇の農家に入り、すぐに現われた。

「わかりました。あそこの家が比良さんだそうです」

指差す方角に、大きな樹木に囲まれた瓦屋根の二階家が見えた。

「いま訊いたら、比良先生と言ってましたが、学校の先生なのですか？」

車に戻ると、山本は言った。

「たぶん、いまは辞めたのじゃないかと思いますが。しかし、そうですか、先生と言ってましたか。だったら間違いありませんね」

農道のような細い道を辿り、比良家の庭先に車を突っ込んだ。

二人が車を出たとき、物音を聞きつけたのか、初老の女性が玄関から顔を覗かせた。

「失礼ですが、比良さんですか？」

浅見は近寄りながら、頭を下げて訊いた。

「はあ、比良ですが」

わずかに訛りはあるが、しかし思ったより若々しい声であった。背筋もシャキッとしているし、化粧気のないわりに、顔にも十分、若さがある。背丈もその年代の女性にしては大柄だった。

「あ、それでは、『北星文学』の同人の比良真佐子さんですね？」

「ええ、そうですけど……」

比良真佐子は二人の見知らぬ若い男を見比べるようにして、怪訝そうに、「あの、何か？」と言った。

「じつは、『黒い男の記憶』という小説を拝見しまして」

浅見は名刺を出した。

「こちらは美浜原発に勤めておられる山本さんで。案内をお願いしたのです」

「ああ、そしたら、PRセンターの……」

比良真佐子は懐かしそうな声を出した。

「はあ、そうですが、えーと?……」

山本は面食らって、思い出そうと真佐子の顔を見つめた。

「そちらは憶えておいでではないでしょう。三年前でしたか、小学校の子供たちを連れて見学にお邪魔して、解説をお聞きしたことがありますけど」

「あっ、そうでしたか、すみません、記憶力が悪いもんで」

山本は頭を掻いたが、毎日何百人という見学者だ。記憶していられるはずがない。

しかしその話でいっぺんに打ち解けた。真佐子は「どうぞ上がってください」と玄関ドアをいっぱいに開いた。

2

小説の主人公「私」がそうであったとおり、比良真佐子は三年前の春までは小学校の先生をしていたのだそうだ。いまは退職して、もの書きの真似事をしたり、好きな古寺仏像めぐりをしたり――の、呑気な生活を送っている、と話した。

「正直なことを言いますと、私はずっと、原発には反対の立場を取っていたのです」

比良真佐子はお茶をいれながら、苦笑を浮かべて言った。

「だから、原発には背を向けたままで、退職する直前になって、はじめて美浜原発を見学に行ったのですけど、そのとき、子供たちを相手に熱心に説明してくださった方を拝見して、胸をうたれる想いがしました。いまどきの若い人の中に、国のためにとか、世界のためにとか、人類の将来のためにとか、そういうことを真剣に考えている人がいてくれるなんて、嬉しかったですよ。子供たちもね、いつもワイワイ騒いでばかりいるのに、みんな目を輝かせて、その方の話されることをじっと聴いていました。それが山本さんだったのですねえ」

「はあ……」

山本は思いがけないところで褒められて、顔を赤くして頭を掻いた。

「いいえ、だからいうて、私が原発そのものに賛成したわけではないのですよ。いままでも原発はおそろしいと思ってます。なんで若狭にばかり、こんなに仰山、原発を作らな、いけんのか、くやしい気持ちもしてます。この前の事故かて、設計どおりにしてなかったのが原因やそうですわね。人間のやることですもの、なんぼ完璧を期しても、そんなことが起きてしまうというのが現実だと思ってもいます。けれど、山本さんみたいな方が、会社のためや自分のためでなく、ほんまに真摯な気持ちで情熱を傾けているのを目のあたりにして、ちょっとだけ考え方を変えました。たとえ不安はあっても、この若い人たちがあれほどまで信じているのやったら、任せてみてやろうやないか——ってね」

比良真佐子は自分の言葉に感動したのか、話し終えたあと、しばらく身動ぎもしないでいた。

山本ももちろん沈黙を守っている。

悪い状況ではないのだが、何となく気まずいような雰囲気が漂った。

「あ、そういえば、それと似たようなこと、僕も考えたことがあります」

浅見が陽気に言った。

「僕は飛行機が嫌いでしてね、ひどく揺れたりすると、ああもう駄目かなんて思ったりするのです。しかし、健気に立ち働いている美しいスチュワーデスを見ると、彼女たちと一緒に死ねるなら本望かな——と……」

「ほほほ」

比良真佐子はおかしそうに笑った。

「それ、ちょっと違うような気がしますけどねえ」

「そうですよ」

と山本もムキになった。

「そういうのと原発問題とを、同じ次元でとらえてもらいたくないですなあ」

「すみません。次元の低いことを言って」

浅見は素直に謝った。

「まあ、いいではありませんか」

真佐子が取りなすように言って、「浅見さんもいい方みたいですね」と、優しい目を浅見に向けた。

まるで、子供のころ女の先生に「いい子ね」と、言われたような温かいものを、浅見はふっと感じた。

「ところで、『北星文学』の比良さんの作品のことですが」

浅見はようやく本論を持ち出した。

「こんなことを言うのは生意気なようですが、とてもいい作品だと思いました」

「そうですの、あれをお読みになられたのですか、恥ずかしいわねえ」

「そんなことありません。僕の友人で、多少文学に志を持っている女性も、感心していました」

浅見は諏訪江梨香のことを言ったのだが、正確にいうと、彼女が読んだのは細野の「死舞」である。

「でも、あんな本をよう手に入れましたわねえ」

真佐子は不思議そうに言った。

「いや、『北星文学』は地方の同人誌としては、歴史もあるし、なかなかのものでしょう」

「はあ、それはそのようですわね。ですから私も、隣りの県ですけど、参加させていただいております」

『北星文学』の本拠は石川県の金沢市だ。若狭からはかなり遠い。

「たまたま、私の長男が金沢で医者をしておりまして、その関係で……」

「えっ？」と話の途中で浅見は思わず驚きの声を発してしまった。

「あの、比良さんは独身では？……」

「は？　あら、いややわア……」

比良真佐子は少女のようにはにかんで、笑った。

「あれはあなた、あくまでも小説上のことではありませんか」

「あ、そうだったのですか。これは失礼なことを言いました」

「いえ、かえって嬉しいですよ。本当のことかと思わせるような書き方ができたいうことですものねえ」

「おっしゃるとおりです。僕はてっきり実際にあった話かと思いました。すばらしい想像力ですね」

「とんでもない、素人のばあさんの手すさびですよ」

真佐子は真顔で手を横に振って、

「それにしても、たかが同人雑誌の中の、取るに足らぬ落書きみたいな、私の小説……どこで、どうして見つけられたのですか？」

それは浅見も感じている疑問であった。

「僕の知り合いに細野という人がいるのですが、ご存じありませんか？　細野久男という男です」

「細野久男さん……さあ？　存じあげませんけど。そうすると、その方が持っておられたのですの？」

「そうです」

「そしたら、同人の誰かとお知り合いとちがいますか？」

「そうかもしれません。同人の方は何人ぐらいいらっしゃるのですか？」

「さあ、詳しいことは知りませんけど、たしか二百人ぐらいはおられたのじゃないかしら。本は一千部ぐらい印刷しているみたいですけど」

浅見は同人雑誌についての知識はあまりないが、『対角線』の会員はせいぜい七十人程度らしい。会員が二百人というのは、同人雑誌としては大きいほうなのだろう。

たしか『北星文学』に掲載されていた会員募集の広告には、「月会費千円」とあった。雑誌は年に二回発行だそうだから、百万円ちょっと集まると雑誌が出るということか。

「そんなに大勢の同人がおられるのなら、その中に細野氏の知り合いがいるのかもしれません。たぶん細野氏はその人から入手したのでしょう」

浅見は結論づけるように言った。

「はあ、そうやと思います。それ以外にも『北星文学』は、金沢市内の書店何軒かに、置いてもらっているはずですから」

「なるほど、書店にもあるのですか」

細野は若狭には来ていないが、金沢なら訪れたことがあるのかもしれない。それなら、書店にあるのを買った可能性がある。そうなると、入手ルートを掴むのは、ますます難しそうだ。

「しかし、それはともかく、あの小説が創作だったとは驚きました。さっき、城ヶ崎を見てきたのですが、そうすると、あの場面も完全に架空のものだったのですか？」

「いいえ、あれはたしかに美浜町の城ヶ崎のことです。私みたいな素人には、完全に架空のものなど書けませんですよ。あの場面で架空のことといえば、自殺をしようとしたという、その部分だけです」

「えっ、すると『黒い男』というのは、実在したのですか？」

「ええ、そうですよ。城ヶ崎の岩陰から見たというのも本当です」

「岩陰って……あんな寒い、それに波のしぶきがかかりそうなところにいらっしゃったのですか？」

「はい、寒かったことは寒かったですねえ、あれは去年の一月十一日、鏡びらきの日でしたから。でも、その日は山側からの風が吹いていて、波はありませんでした」

「それにしても、どうして……」

「それはあれです、自然現象ですので」

比良真佐子は少し顔を赤くして、当惑したように言った。

「あそこの砂浜を散策していて、急におなかが痛くなって……それで慌てて岩陰に入りましたの。そうしたら、山の上のほうから男の人が下りてくるもんで、困ってしまって、一生懸命隠れましたけどね」

「あ、そうだったのですか」

よけいなことを訊いた——と、浅見のほうが彼女よりも照れた。

「男の人は、まさかそんなところに人がいるなんて思わなかったのでしょうね。足元が悪かったせいかもしれませんけど、ぜんぜん気がつかずに通り過ぎたのです。そうしたらあなた、その男の人の顔をどこかで見たような気がして……」

「かなりの年輩の人だったのですね？」

「ええ、私よりは五つか六つは上でしょうね。でも、大きな人でしたよ」

「その人がN少尉に似ていたのですか？」

「ええ、そうですの。N少尉さんそっくり——というより、N少尉さんそのものでしたわね」

細野が『対角線』に書いた小説「死舞」では、その黒い服を着た男の名は「峰」となっていたが、比良真佐子の原作では「N」と書かれている。

「あとで思い返すと、ますますそう思えてならないのです」

真佐子はあらためて記憶を呼び戻すように、視点を宙に置いて、目を細めた。

「もう四十年以上も経っているけれど、でも顔つきはもちろん、あの歩き方の、少し足をひきずるような感じは昔のまま、そっくりでしたもの。なんでも、シベリアの強制労働で怪我をしたのだそうです」

「声をかけてみることはしなかったのですか？」

「私が？　まさか……だって場合が場合ですものねえ」

笑って言って、それから顔を曇らせた。

「それに、あまりいい思い出の人ではなかったし」

「というと、あの小説のように、失恋の相手だったから、ということですか？」

「いいえ、とんでもない！」

真佐子は目を丸くして否定した。

「いやですよ、失恋だなんて。あれも創作に決まっているじゃありませんか。そんなこと言ったら主人に叱られます」

「あ、そうでした。すみません」

「でもね、ああいうことがあったのは、本当のことなのですよ。ただし相手の女性は私ではなく、親しくしていた友人ですけど。看護婦さんをしていた人で、N少尉のことは、本当によく面倒を見て差しあげていたのですよ。それも、小説では恋愛として描きましたけど、本当はそうではなくて、何ていうかその……とにかく生きるか死ぬかの瀬戸際を幾晩も徹夜して付き添って……それなのに、あんな仕打ちをするなんて」

「つまり、その凌辱したという……」

浅見は照れながら使い慣れない単語を口にした。しかし、比良真佐子の世代の女性には、ぴったりの語感ではあった。

「ほうやねん、ほんま、ひどい話ですよ」

また怒りが込み上げてきたらしい。

3

気がつくと外はうっすらと夕闇が漂っていた。時計の針はいままさに五時を回ろうとしている。

「そしたら浅見さん、そろそろ……」

山本が腕時計を示して言った。

二人の客は突然の来訪を詫びて、席を立った。

「お夕飯、ご一緒にしていかれたらよろしいのに。主人もじきに戻ってきますけど」

比良真佐子は勧めてくれたが、もちろん、そんな好意に甘えるわけにはいかない。

真佐子は車のところまで見送りに出た。

「ことしは梅の咲くのが早くなるらしいですわ。もう四、五日あとでしたら、よろしかったのにねえ」

遠来(えんらい)の客になごり惜(お)しそうに呟(つぶや)いた。

浅見のほうも、まだ何か訊き忘れているような思いがしてならなかった。さりとて、いくら考えても、特別に彼女に訊くことがあるとも思えない。

比良家に別れを告げて、ふたたび三方湖畔の道を走った。

「今夜の宿はどちらですか？」

山本が訊いた。

「小浜のホテルに泊(と)まります」

「小浜にホテルがありましたか？」

若狭のことなら何でも知っていそうな山本が首をひねるので、浅見は不安になった。

「はあ、時刻表で調べて、市街地の真(ま)ん中(なか)にあるホテルだというので、そこに決めましたが……しかし、ばかに安いホテルですから、たぶんビジネスホテルみたいなものではないかと思いますが」

「そんなところはやめて、うちに泊まったらいかがです？」

「はあ、ありがとうございます。しかし予約をしてありますので」

「そうですか、残念ですなあ」

山本は言って、「そしたら、あそこで晩飯を食べませんか」と、前方を指差した。

「三方湖でとれた美味い鰻を食べさせます」

行く手の道路脇に「淡水」という大きな看板が、夕闇の中に浮き出していた。

淡水魚の料理——という、あまりにもそのものズバリのネーミングは芸がないけれど、考えてみると、魚料理といえば海のものと決まったような若狭の国の中で、あえて淡水魚の料理を供することを強調しているのかもしれない。

たしかに山本が推薦しただけあって、鰻は美味かったが、長い時間待たされた。山本の解説によると、客の顔を見てから鰻を裂くのだそうだ。

ひまつぶしに、テーブルの上にあった『ネットワーク』という、地元のタウン情報誌をパラパラと開いていて、浅見は思いがけないものに出会った。小浜市の書店の広告の中で「いま売れている本」のベストスリーの第三位に、なんと、あの内田康夫の『博多殺人事件』が載っているのだ。

「へえー、あの先生も大したものなのですねえ。私は一冊も読んだことはないけど」

山本が感嘆の声を発したところを見ると、知り合いとはいっても、内心では、あまり評価は高くなかったにちがいない。その点では浅見も同じだ。

それがきっかけで、『ネットワーク』を少し身を入れて読んだ。広告が主体の無料配布の雑誌だが、中には「いつできるの？　高規格道路」という、なかなか硬派の意見記事も載っている。

この欄の執筆者は、北陸、近畿地方の中で、若狭地方だけが交通網の整備から取り残されている問題を、鋭い論調で衝き、——「しようがない」「言ったからって、どうにもならない」というのが若狭人の気質だと言ってしまうのは、あまりにも我慢づよすぎ、受動的すぎるのではあるまいか——と嘆き、怒っている。

浅見は原発問題で漠然と思った、若狭の風土的な特徴と、この論旨とが符合することに驚いてしまった。やはり若狭人は歴史的に、何かにつけて、受け身の優しい気質の持ち主だったらしい。

「たしかに、敦賀—舞鶴間の交通は、片側一車線の国道27号線だけに頼っているといっていいのです」

山本もそのことを言った。

「夏の行楽シーズンには慢性的な渋滞に見舞われます。三方五湖や海岸はどこも観光客で賑わうのですが、交通渋滞にあうと、もう懲り懲りだなんて言われるのです。そればかりでなく、じつは、原発を抱える若狭の主要道路がこんなことでは、万一の場合、地元の人間はどうすればいいのか——といった声もありましてねえ」

つらそうに顔をしかめた。

鰻が運ばれてきた。関西風のぶつ切りになった蒲焼きで、ほどよく脂の乗ったいい鰻を使っている。

「ここの店は鰻も美味いが、ハゼの佃煮が絶品なのですよ」

山本は通ぶりを示して、「なあおばさん、そうやろ」と、給仕の中年女性に言った。

「ああ、そらほんまやわねえ」

おばさんは、褒められても、あまり感激もしないらしい。つまらなそうな口ぶりだ。

「どうかね、今年の景気は？」

「そうやなあ、いまひとつというところやろかねえ。正月休みも大したことはなかったし、成人の日も大雪やったしい」

「だけど、日向の水中綱引きは賑やかやったそうやで」

「そうかて、向こうのお客はこっちまで回ってこんもんなあ」

おばさんは面白くもないという顔で、さっさと行ってしまった。

「水中綱引きというのは何ですか？」

浅見は訊いた。

「美浜町の日向というところで、毎年一月十五日にやる、まあ、一種の奇祭ですね。無形民俗文化財に指定されているのです」

「日向というと、レインボーラインの入口がたしか日向料金所でしたね」

「ああ、そうです。あの有料道路に入らないで、もう少し先へ行ったところが日向という集落でしてね。私は去年、見物に行きましたが、祭りの最中に殺人事件が発生して、さんざんでした」

「殺人事件？……」

浅見はギョッとした。内田が「何か事件を見つくろって……」と冗談のように言っていたことが、頭の中で稲妻のように光った。

「というと、祭りの最中に、誰か殺されたのですか？」

うわべは平静を装って訊いた。

「いや、祭りそのものとは関係はありません。気がついたら、死体が流れてきたのです。それも、調べてみたら、他殺死体だったものだから、パトカーがどんどんやってきて、大変な騒ぎでした」

山本は水中綱引きの奇祭と、殺人事件の話を交互にとりまぜるように話した。雪の舞う海水の中に、パンツ一つで飛び込む若者たち。太い綱に群がり食いちぎる、祭りのクライマックスのさなか、河口から流れ入ってきた死体——。

かなり衝撃的な情景である。

「その事件は、もう解決したのですか？」

浅見は「まだです」という答えを期待しながら訊き、（この罰当たりめ！）と、胸のうちで自分を罵った。

「まだです」

山本は浅見の、そして軽井沢のセンセの期待どおりに答えた。

「最初のうちは、被害者の身元もわからないような話でしたが、いまはどうなっておるものやら……このごろはもうニュースにも出ませんなあ」

「その事件のあった、えーと、日向でしたか、そこの所轄警察署はどこですか？」

「敦賀警察署です。えっ？　浅見さんはそういう事件のほうも手がけるのですか？　内田さんの話だと、旅専門のルポライターだということでしたが」

「はあ、本来はそうなのですが、何にでも興味を惹かれる、悪い癖がありまして……」

「そうですか。そしたら、敦賀署に行くようなことがあれば、防犯課長の広田という人をご紹介します。原発反対のデモのときに、お世話になったことがありますので」

「わかりました、ありがとうございます」

山本の好意には、頭を下げっぱなしであった。

4

山本を美浜原発まで送り届けて、小浜市に入ったのは午後八時過ぎであった。国道はまだ交通量が多く、道路沿いの店は、どこも開いていたが、市内に入ると、うって変わって寂しかった。地方都市はたいてい夜が早い。ミッドナイトだオールナイトだと浮かれているのは、ごく一部の不良分子だけで、基本的には真面目な生き方をしている人びとが多い。

不案内の暗い街をウロウロして、ようやく訪ねあてた小浜の「ホテル」は、予想したとおり――というより、予想を上回る、筆舌に尽くしがたい、ひどいものだった。

電話で申し込んだときに「いい部屋と、ふつうの部屋とがありますが、どっちにします？」と訊かれたので、「いい部屋のほうを」と頼んだ。いい部屋が五千円、ふつうの部屋が四千円台だという。どちらにしてもべらぼうに安い。まあ、幽霊が出るようなことさえなければ、文句は言わないつもりであったが、そのときに不吉な予感はしたのである。

むろん、小浜にも旅館はたくさんある。ガイドブックや雑誌『旅』の特集記事によると、料理の美味い旅館がいろいろあるらしい。

ふつうの観光客なら、当然、そっちのほうに泊まるに決まっている。浅見も一応、そのうちの二つ三つに電話してみたのだが、幸か不幸か、どこも満員だという。もしかすると、独り客は願い下げなのかもしれない。いつだったか、熱海に行ったときにも似たようなことがあった。

時刻表の旅館ホテル案内のページには、旅館やホテルの特徴が寸評で紹介されている。「海に近く、眺めがいい」とか「若狭湾の魚料理が美味い」とか、それぞれ特色をヨイショするコメントである。この小浜唯一のホテルの欄には、「市街地の中心に近い」とだけあった。素っ気ない表現だ。それが不吉な予感の理由だが、それにしても、的中してほしくない予感ではあった。

建物は築後四十年は経っていようかという老朽ぶりだが、曲がりなりにもコンクリートの四階建て。お客に足腰を鍛えてもらうためか、エレベーターなどは設置していない。

部屋には一応、ダブルベッドが鎮座していたが、そのベッドたるや、頭の上の背凭れみたいな部分のビニールレザーは剝がれ、中身のウレタンが剝き出しである。

空調のモーターが地下鉄なみの騒音で運転していて、しかも温度調節などという上等なものはないらしく、むやみやたらに暑い。この分だと、明日の朝までには干物になっているかもしれない。

バスルームは場末の公園の公衆トイレのほうがまだまし……。

いや、愚痴は言うまい。何しろ駐車料金がタダというだけでも満足すべきなのだ。宿泊施設つき駐車場だと思えば、ありがたくて涙が出るではないか。

眠れぬ一夜になるかと思ったが、よくしたもので、浅見は適当に疲れていたのか、順応性に磨きがかかったのか、ベッドに横になるとまもなく、睡魔に襲われた。

夢うつつの中で、浅見は「黒い服の男」の幻を見た。比良真佐子の視点で、男が岩場の上から下りてくるのを見ている。黒いコートの襟を立て、黒い山高帽の下の男の顔は空白であった。

(何をしているのだろう?——)

浅見はそう思いながら、その直後、深い眠りに落ちたらしい。男のその後の行動については何の記憶も残らなかった。

翌朝、目を開けた瞬間、男が岩場を下りてくる情景が、ふっと脳裏に蘇った。

(そうか——)と思った。

比良真佐子の家を出てから、ずっと気になっていた、何か訊き忘れたことがありそうな気分の正体はこれだった。

（その男、そんなところで何をしていたのだろう？——）

その疑問を彼女に確かめそこなった。

とはいっても、岩陰で用を足している初老の女性が、通りすがりの男を観察している話である。そのとき、そこで男は何をしていたのか？——などと、問いただす無神経には、浅見はなれそうになかった。

それに、考えてみると、その男がそこで何をしていようと、彼の勝手なのであって、そんなことに興味を抱いたり気にかけたりするほうがどうかしているのだ。

浅見は自分が妙に、何かにこだわったり、ひとつことに熱中したりする、あまりスマートではない悪癖のあることを自覚している。子供のころ、空に虹がかかったとき、虹の根元を探しに見知らぬ街までどんどん歩いていったこともある。虹はすぐ目の前に、手を伸ばせば届きそうに見えて、歩くにつれて同じスピードで退いてゆくように思えた。こっちが走ると虹も走った。諦めて立ち止まると、虹も立ち止まり、誘うようにこっちを見下ろしている。浅見少年は意地になって走り、やがてその行く手で虹は消えた。

それからずいぶん長いこと、浅見は虹の夢を見た。虹は永遠に摑めない幸福のシンボルのようにも思えた。ひょっとすると、女性のとらえどころのない不可解さを象徴していたのかもしれない。浅見がいまだに女性を捕まえそこなっている――あるいは捕まりそこなっているのは、そのとき以来、約束されたことだったのだろうか。

とはいえ、対象が女性でなかったせいか、ベッドから起きだしたときには、浅見は黒い男の幻影に抱いた、どうでもいいような疑問を、とりあえず寝巻ごとシーツの上に置き忘れた。

小浜の街は、昼間見てもやはり寂しげな街であった。ホテルのすぐ近くに広い敷地と立派な建物があるので、何だろう?――と立ち寄ったら、市役所であった。図書館のある市民会館のような建物も新しいビルだ。公共施設がどんどん新しくなるのは、地域経済に活気のある証拠なのか、それとも民間需要の少ないのを公共投資で補っているのか、興味ある問題ではあった。

ガイドブックによると、小浜の見どころは国宝のある寺巡りと小浜公園、それにフィッシャーマンズワーフだそうだ。小浜公園には、潜航艇と運命をともにした佐久間勉艇長の銅像が建っている。

佐久間艇長は隣りの三方町で生まれ、小浜の中学を出たという。江田島の旧海軍兵学校を見学したとき、佐久間艇長の遺書に感激した(『江田島殺人事件』講談社刊参照)

浅見のような人間ならともかく、一般的にはなじみのない人物だが、この辺り出身の有名人は彼と水上勉氏ぐらいのものらしい。二人とも「勉」という名前が共通しているのは面白い偶然だ。

しかし、これだけでは観光資源にはなりにくいだろうな——と、浅見は人ごとながら心配になった。

寺巡りをするにしても、奈良や京都のように、歩いて回れるほど近接して建っているわけではない。むしろ、裏通りのような古い住宅街に、しっとりとした雰囲気を楽しめそうだ。紅殻格子に遊廓の面影を残す三丁町という辺りの家並みなど、俳句でもひねろうという人種にはたまらない風景にちがいない。

街を歩くと、かの有名なサバの「へしこ」を売る店が目立つ。「若狭へ行ったら、へしこを買ってきてね」と母の雪江に頼まれていたから、浅見は藁苞に包んだのを二匹買った。一匹は細野家への土産にするつもりだ。ほかには若狭和紙、若狭漆器……若狭の優しい穏やかな気風は、街の佇まいや産物にも、その特徴が表われている。行き交う人びとも、土産物屋のおばさんも、どこかゆったりと振る舞い、遠慮がちに、はにかんだ笑顔で話す。

こんど小浜に来たときは、料理の美味い旅館に泊まって、のんびり街を散策するのもいいだろうな——と思いながら、エトランゼの浅見はセカセカした早足で街をひと巡りすると、宿泊施設つき駐車場のソアラに戻り、帰路についた。

帰りは小浜の市街地を北へ出て、海岸線を回っていくことにした。途中から斜面を登る細い道になったが、そこから見下ろす若狭湾の眺めはすばらしかった。群青色の波が、切り立った海岸に打ち寄せ、白く泡立つ様子は、三方五湖の眠ったような穏やかな風景とはまたひと味ちがう、つよく何かを呼びかけてくる、岬特有の風景である。

(日本は美しい——)と、浅見はオーバーでなく、涙ぐむような感動に襲われた。

それにしても、せっかくの景観ももったいないほど、車の通らない道であった。もっとも、まだ整備されていない悪路だから、初心者向きではなさそうだ。ところどころに、溶け残りの雪が積もっている。しかし、途中にトンネル工事が進行しているところがあった。トンネルが完成すれば、観光道路になるのかもしれない。

道が小高くなったカーブの先端に小さな看板があって、「沖の石」と書いてあった。車を停めて瞳を凝らすと、入江のはるか沖合に、石舞台のような平たい白っぽい岩礁が、波をかぶって見え隠れしている。それがどうやら「沖の石」らしい。百人一首に「わが袖は潮干に見えぬ沖の石の人こそ知らねかわく間もなし」という歌があるが、それと関係があるのだろうか？　浅見は興味を惹かれたが、こまかい説明は書いてなかった。

入り組んだ岬や入江のそこかしこに、瓦屋根の家が軒をよせあうように、ひっそりと佇む集落がある。釣り船の案内や民宿の看板などが目につく。夏になれば、都会の人間がどっと押し寄せて、さぞかし賑わうことだろうが、この季節は人影をまったく見ないほどの寂しさである。

こんなところなら、殺人事件があったとしても、誰も気づかないかも——と、浅見は妙なことを連想した。

日向というところで起きた殺人事件は、たまたま、祭りの最中に流れてきたから、死体が人目についたわけで、もし逆に若狭湾の沖のほうに流れたとしたら、手掛かりどころか、事件があったことさえ永久に知られずじまいだった可能性もある。その点は犯人にとって予想しがたい不運だったのだろうか。

運命というやつは気まぐれだから、沖の石のように謎を見え隠れさせて、人の心を騒がせ、不安にさせる。

細野久男が殺された事件だって、すでに謎めいたヒントが見えているのに、人びとは気づかないでいるのかもしれない。

海岸線に別れを告げて、道は内陸部へ向かった。やがて国道27号にぶつかり、三方町を過ぎ、美浜町に入ってゆく。

浅見は敦賀へ行く前に、昨日の道を辿って日向の集落を訪ねてみた。

山本が言っていたように、レインボーラインのゲートを左に見ながら、だんだん細くなる道をしばらく行くと、前方に盛り上がるような太鼓橋が見えた。山本の話によれば、この橋の下が「事件発見現場」ということだ。

浅見は橋の手前の、空地のようなところに車を置いて、歩いて橋を渡った。大阪の住吉大社ほどではないが、車を通す橋としては、かなり膨らみのある太鼓橋だ。

橋の向こうはやけに道が狭い。ソアラ同士では絶対にすれ違えそうにない。見ていると、たまに通る車は軽自動車ばかりである。これが生活の知恵というものか。

橋の下の水は透明で、底の海草が人魚の髪のようになびくのが、よく見える。いまは上げ潮なのか、海草はいっせいに湖のほうへそよいでいる。

橋を渡ったところに食料品の店があった。野菜、果物、豆腐、ソーセージからパン、和菓子等々、雑多な食品が雑然と並んでいる。店のおかみさんと顔なじみらしいおばさんが二人、ひまそうにお喋りをしていた。

浅見は欲しくもない使い捨てカメラを買って、話しかけた。

「ここで水中綱引きが行なわれるのだそうですね」

でな」

「そうですよ。でも、今年はもう、終わってしもうたですよ。毎年、成人の日にします
「ええ、知ってます。なんでも、去年は殺人事件があったと聞きましたが」

「そうですのや。えらい騒ぎでしたがな」

「まだ解決していないそうですね」

「そうみたいやわねえ。私ら、よう知らんですけどなあ」

あまり事件のことを話したくないのかもしれないが、いちばん近くの住人が「よう知らん」のでは、この付近で話を聞いても埒があきそうになかった。浅見はひとまず引き上げて、敦賀警察署へ向かうことにした。

敦賀署の広田防犯課長には、すでに山本から連絡がいっていた。受付で待っていると、頭を五分刈りにした丸顔の警部がやってきた。制服を脱ぐとヤクザに間違えられそうな風貌である。

「日向の事件のことで訊きたいことがあるのやそうですな」

広田は応接室に案内して、煙草を勧めながら、何でまた、いまごろになって——という目を浅見に向けた。

「事件は解決したのですか？」

浅見は広田にとってはあまり愉快ではない質問をした。

「いや、まだです。捜査本部は停滞ぎみですな」

顎をしゃくって二階の方角に視線を送り、面白くもなさそうに言った。どっちに転んでも刑事課のやっていることだ——という気楽さはあるのかもしれない。

「もし差し支えなければ、事件の概要を教えていただきたいのですが」

「差し支えはないけど、聞いてどうするのです？　いま時分じゃ、記事にしようにも、ニュースにもならんでしょう」

「はあ、しかし、興味がありますから」

「へえー、興味がねえ……」

広田は珍しそうにしげしげと浅見の顔を見つめた。

「おたくさん、事件のことで何か知っとられるのとちがいますか？」

「いや、そういうわけではありません。事実、事件のことは昨日はじめて知ったのですから」

「ああ、山本さんもそう言うとったな。しかし、それにしてもわざわざ警察にまでやってくるいうのは、かなり熱心ですなあ。刑事もみんなおたくさんぐらい熱心なら、事件はとっくに解決しとるかもしれん」

「そうでしょうねえ」

「えっ？　あははは、あんた、きついこと言いますなあ」

広田は愉快そうに笑って、「そしたら、その熱心でない刑事を紹介してあげましょう」と立ち上がった。

5

二階の刑事課の隣りのドアに「日向殺人事件捜査本部」の貼り紙があった。一年前からのものらしく、すでに紙が黄ばんで、一ヵ所、破れている。

広田は若松という中年の部長刑事を紹介してくれた。広田とは対照的に、メガネをかけた少し細身の男だ。骨格は頑丈らしく顎がやけに張った顔つきである。

広田にバトンタッチされ、若松は迷惑そうな顔をして、黙って、捜査本部の隣りの、取調室のような小部屋に入った。

「捜査のほうは、あまり進展しとらんですけどなあ」

のっけから浮かぬ口調で喋る。よほど行き詰まっているにちがいない。それでも浅見はともかく、基本的なことを一通り聞かせてもらった。

被害者は意外にも、東京在住の人間であった。

東京都新宿区西新宿×丁目――
松尾俊夫　四十三歳
金融ブローカー

これが被害者のプロフィールである。

「いやあ、身元を割り出すまで苦労しましたがな」

若松は、そこに捜査が難航した原因がすべて集約されると強調した。

「何しろ、手掛かりになるようなものは一切、ないもんでねえ。ワイシャツの洗濯屋の縫い取りに『マツオ』という片仮名があったもんで、それが唯一の手掛かりでした。しかし、場所が東京ではねえ」

「家出人捜索願などは出ていなかったのですか?」

「出ておりません。行方不明者のリストにでも載っておれば、とっくに解決しとるかもしれんのだが、身元を割り出したのが、去年の秋ですものなあ。事件発生から十ヵ月も経っておったのです」

「しかし、東京の金融ブローカーが一人、消息を絶っているというのに、誰も探そうとしていなかったのですかねえ？」

「それだがね。世の中冷たいもんだわにい。もっとも、被害者は嫌われ者やったそうです。それに、借金しとったほうは、消えたままになっとったほうがいいに決まっとるでしょう」

「家族はいないのですか？」

「もちろんおりません。妻子でもあれば、なんぼなんでも捜索願ぐらいは出しよったでしょうがね」

「死因は何ですか？」

「直接の死因は水死でした。後頭部に打撲による裂傷があったが、それは致命傷ではなかったそうです。まあ、殴られて気絶したのを、水の中に放り込んだいうところですか。しかし、水はあまり飲んでおらんいうことだから、打撲によってすでに虫の息やったと考えて間違いないでしょう」

「東京の人間がなぜ日向の海で死んでいたのか、目撃者等はなかったのですか？」

「まったくありません。ただし、日向の海に放り込まれたいうわけではないことだけはわかったですがね」

「えっ、違うのですか？」

「肺の中の水質を検査したところ、海水ではないいうことが判明したのです」

若松部長刑事は、このときばかりは昂然と頭を反らせた。科学警察の優秀さを自慢したいらしい。

「水は汽水――つまり、海水と淡水が混ざりあった水いうことですな。三方五湖には汽水の湖が三つあるのですが、その塩分濃度の違いなどから、死体が放り込まれたのは、隣りの久々子湖であると断定されたのです」

その瞬間、浅見は頭の中の暗闇に、チカッと光るものを感じたような気がした。しかし、その正体を確かめる間もなく、光は消えた。

浅見はバッグから二万五千分の一の地図を出した。若狭湾沿岸の地図を十何枚も出したから、若松は「へえー、用意がええですなあ」と感心している。

久々子湖は南北に細長い、日向湖の二倍ほどの水域である。

「日向湖は海にしか出口はないですが、久々子湖のほうは、三方湖、菅湖、水月湖を通って流れてきよった水が、雨の降ったあとなんかは、かなりの勢いで流れ出ます。若狭は冬でもけっこう降水量がありますのでな。したがって、湖に投げ込まれた死体が、海に流され、この岬を迂回して、今度は日向湖に流れ込んだいうことは、十分、考えられるわけであります」

若松のごつごつした指は久々子湖と日向湖を隔てる岬の北側をグルッと半円を描いて、日向側に入った。

「久々子湖に投げ込むとすると、どの辺りが適当でしょうか？」

浅見は訊いた。

「まずこの辺かこの辺とちがいますかな」

若松は久々子湖の北西岸にある小学校の南付近と、水月湖と繋がる運河——浦見川の辺りを示した。小学校の南付近には人家がなく、道路から湖畔まではごく近い。夜半になれば、人気はなくなるだろうし、また、浦見川を渡る橋の上から、車で通りがけに投げ込んだ可能性も考えられる。こっちのほうも夜は人通りは途絶えるという。

「犯行は一月の九日から十日にかけての夜間。実験したわけやないけど、潮流や風の関係が複雑にからむとして、一月十五日に日向湖に流れ着いたとしても、不思議はないという結論です」

「金融ブローカーというと、やはり動機は商売に関係したいざこざですか？」

「まあ、その可能性が高いいうところでしょうなあ。私は東京へは行かんかったが、うちの署から行った者が事情聴取した感じでは、松尾いう人物は評判がようなかったそうです。正直いうて、死んでほっとしたいうか、当然だと思っている人間も何人かおったのとちがいますか」

「だとすると、その人たちには殺人の動機はあるわけですね。その点はもちろん追及されたのでしょうけれど」

「そらそうです。しかし、結論として、全員シロであると判断しました。とくにアリバイの関係で、一月九日、十日に若狭におることが不可能な人ばかしであったのです。もっとも、金融がらみの犯罪いうのは、暴力団関係の人間による犯行である可能性も強いわけで、その連中のことまでは追及しきれておらんですがね」

若松は首を振った。暴力団員による犯行となると、直接には利害関係のない人物だから、容疑者を特定するだけでも難しい。

「犯行が一月九、十の両日のどちらかだというのは、間違いないのでしょうか？」

「そらまあ、だいたい……ん？　何か異論でもありますか？」

「はあ、たとえば、一月十一日だったのではないか、とか」

「いや、そらありませんな。だいたい、九日から十日にかけていうこと自体、かなりの時間の幅を見たものでしてね。まあ、九日の深夜を中心にした前後数時間をみればいいだろうというのが、研究所の判定です」

自信をもって言ってから、若松はふと気がついたように、浅見の顔を窺った。

「しかし、浅見さんがいま言うた一月十一日というのは、どこから出たのです？　何か根拠でもあるのですか？」

地方の警察とはいえ、さすがにベテラン刑事である。ほんの些細なことにピッと反応する耳目を持っているらしい。

「いえ、べつに根拠があるわけではありません」

言いながら、浅見はぼんやりと「黒い服の男」のことを考えていた。

比良真佐子が城ヶ崎で「黒い服の男」を見たのは、一月十一日の午後だったそうだ。日向湖の事件の被害者の、推定死亡時刻からは、最短でも三十時間程度の開きがある。それに、「黒い服の男」がいわゆる挙動不審だったわけでもないのだから、それぞれのあいだには何の関係もなさそうだが、浅見は妙に気になってならない。

「何か知っとるのとちがいますか？」

若松部長刑事は、浅見の様子に不審を抱いたのか、重ねて訊いた。

「じつは、ある人が城ヶ崎で黒い服の男を見たというものですから」

「城ヶ崎――というと？」

「美浜原発へ行く道の途中に、菅浜という漁港がありますね。あそこの先の岬です」

「ああ、あそこが城ヶ崎いうのですか。それで、その黒い服の男いうのは何者です？」

「わかりません。ただ、むかし知っていた人とよく似ていたということです」

浅見は、比良真佐子に聞いた話を、かいつまんで説明した。

「はあ、戦後の舞鶴ですか……」

若松は呆れたような顔をした。証拠重視型の近代警察に身を置く者としては、四十何年もむかしの記憶など、信用できないにちがいない。

「まあ、かりにそのばあさんの記憶が正しいとして、するとあれですか、その黒い服の男が怪しいいうわけですか？」

「いや、怪しいとか、そういうことではなく、単に気になるだけです」

「気になるねえ……ん？　それがつまり、一月十一日ですか？」

「そうです」

「それやったら、ぜんぜん関係ないでしょう。第一、日向湖とも関係がない。それに、城ヶ崎に被害者を投げ込んだわけでもないですしな」

若松は素人を憐れむような、中途半端な笑いを口許に浮かべた。

「まあそうです」

浅見は憮然として頷いた。

第五章　舞鶴引揚援護局

1

敦賀署を出て、近くのラーメン屋に入った。日本全国旅をして、食事をして、まず間違いないのはカレーライスとラーメンである。どこのどんな店に入っても、カレーライスとラーメンなら、それほど裏切られた思いを味わう心配はない。それぞれの土地、それぞれの店に、定番とでもいうべき、確固たる自信を伴った味覚が完成されている。かりに多少まずくても、たかがラーメン——と笑い捨てることもできる。

ラーメンの味はまあまあだったが、浅見は気分が晴れはしなかった。依然として黒い服の男が気にかかる。

（これはいったい何なのだ？——）

自分のこだわりの執拗さに、腹を立ててみようとも思った。しかし、そう思うそばから、「黒い服の男」の幻影は脳裏に朦朧と浮かび上がってくるのだった。

一月十一日——城ヶ崎。

そのどちらにしても、日向の事件とは結びつきようがない——と若松部長刑事に笑われた。その憎らしい笑顔を思うと、浅見はむしろ闘志にも似たものを覚える。

常識だとか固定観念だとかいうものに突き当たると、浅見はそれを破壊してみたくなる。ことに「権威」と考えられている者や組織には、楯突きたい性分だ。

三浦半島からグアムまでのヨットレースで「たか号」が行方不明になった際、主催者側は海上保安庁にただちに捜索願を出すことをしなかった。「救難信号を発するまでは遭難と認めない」というのが、彼らの言い分であった。信号を出さない以上、参加艇はレースを続行中と見なす——というわけである。要請もされないのに、救助の手を差し延べるのはプライドを傷つけることになるとでもいうのだろうか。

「たか号」が消息を絶ってから八日後になって、ようやく捜索を開始した。むろん救難信号は発せられないままである。

ここにはいくつもの思い込みや過信が作用している。

第一に、ヨットは復元力があって遭難しにくいという思い込みである。

第二に、救難信号を発しない以上、遭難はしていないのだという思い込みである。

第三に、救難信号を発する「イーパブ」という器械への過信である。

それらは日本外洋帆走協会という「権威」による思い込みであるだけに、第三者が容喙する余地のないものであった。下手に口出ししようものなら、「黙れ素人」と一喝されるのがオチだろう。

しかし現実に「たか号」は遭難したのだ。新品で構造も取り扱いも単純な救難信号機「イーパブ」は作動しなかったのだ。そして、最新鋭の捜索機Ｐ３Ｃは「たか号」のライフラフトの上空を飛びながら、発見できなかったのだ。

家族の不安や焦りに逆らって、捜索願を出さなかった日本外洋帆走協会。いざというとき役に立たなかった「イーパブ」。Ｐ３Ｃを飛ばした自衛隊――それぞれが権威である。権威がいかに頼りないかを、この「事件」は如実に物語る。しかも、彼らが事実上、生存は絶望と見て捜索を断念した、その直後に、唯一の生存者が奇跡的に生還した。「権威」たちは、ついに最後の最後まで、判断を誤り続けたのである。

「たか号」の遭難事故では、もしひとりの生還者もなく、全員が太平洋の藻屑と化していたら、「権威」たちの失態は明るみに出ることなく終わっていたにちがいない。

この悲劇に対して、「権威」どもはどのように責任を取るつもりか。遺族は大いに責任追及をするがいい。

もっとも、この海難事故に対して投下された膨大な捜索費用が税金によって賄われていることを思うと、ヨットレースに参加した側の責任も追及されなければならない。派手な遊びもせず、コツコツと働き、コツコツと税金を納める多くの市民たちにとっては、腹の立てようもない、あきれ返った事件ではあった。

警察は権威の象徴である。いや、国家の権威を護る楯というべきかもしれない。権威につきものの独善性や、思い込みの強さや、非を非と認めたがらない体質は、官公庁共通のものだが、とくに警察は完全無欠主義を標榜しているだけに、自分たちのミスはもちろん、ちょっとした錯覚すら認めたがらない。しかし当然のことながら、警察にもミスはつきものなのだ。

東京の環状8号線沿いで起きた、医師誘拐事件の顚末など、いかに警察や警察官が思い込みや固定観念によって縛られているかを示している。万事、マニュアルどおりに行なっていれば、たとえ間違っていても失点にはなりにくいという意識と習慣が身につきすぎて、マニュアルからちょっと逸れた状況に対する、臨機応変の措置がまったく取れない組織であることがよくわかる。

敦賀署の捜査本部が特定している基本的事実は、次の二点である。

――犯行時刻は一月九日の深夜を挟む前後数時間。

――犯行現場は久々子湖のどこか。

警察がそのように特定した以上、この二つの既定事実をくつがえすのは容易なことではないだろう。

しかし、もしその「特定」が崩れたとしたら――と浅見は考える。

もしも、犯行が一月十一日であったとしたら――。

もしも、被害者を投棄した場所が城ヶ崎であったとしたら――。

若松部長刑事がこんな仮説を聞いたら、「何を素人が」と一笑に付すにちがいない。

しかし浅見は、あたかも虹の橋の根元を追いかけるように、この仮説を追っていきたい気持ちに駆られるのだ。

もちろんその衝動の原因は「黒い服の男」にある。

なぜ黒い服の男が気になるのか――と訊かれれば、返答に窮するに決まっている。

虹のように捉えどころのない、正体不明の相手である。若松に笑われるまでもなく、追いかけるだけの価値もなく、また追いかけても無駄なことは、最初からわかっているのかもしれない。

それでも浅見はこだわりつづける。黒い服の男の幻影を、白昼夢のように思い描く。理性や論理ではない、感性だとか直感だとか、ことによると本能の部分で、浅見は何か得体のしれぬ不安に駆られるのだ。

ソアラに戻ってロードマップを拡げた。ここからほんの少しで敦賀のインターチェンジである。高速道に入れば、午後八時ごろには東京に着く。新宿の高層ビル群や渋谷の雑踏や平塚亭の団子や須美子が唯一得意な肉じゃがや、それに排気ガスだらけの空気までが、誘惑するように心をかすめる。

「さあ、行くか……」

浅見は呟くと、ロードマップを畳み、イグニッションキーを回した。

ラーメン屋の駐車場を出て、左折のウインカーを点滅させ、帰心に逆らって国道27号を西へと引き返した。こうなったら、浅見の本能はもう止めようがない。

2

比良真佐子はふたたび現われた東京の青年を見て、目を丸くし「あらア……」と歓声を上げた。梅林に抱かれた、桃源郷のようなところに住んでいても、人恋しい気持ちはあるものらしい。浅見が何も言わないのに、「さあさあ、どうぞ」と茶の間に招き入れた。

「あなたに褒めていただいたもんで、あれから、これを引っ張り出して、自分の作品を読み返しましたのよ」

若やいだ声で言い、『北星文学』を捧げ持ってみせ、それからようやく気がついた。

「いやいや、勝手なことばかしお喋りして。あの、今日は何か？……」

「はあ、じつは、あれから妙に『黒い服の男』のことが気になりまして」

「えっ？　これの、ですか？」

比良真佐子は『北星文学』に視線を落とした。

「そうなのです。その人はいったい、城ヶ崎で何をしていたのか、そのことをお訊きしようと思ってやってきました」

「へえー、わざわざそのことで見えられたのですか」

少し怪しい者を見る目になった。

浅見はしばらくためらってから、思いきって日向の殺人事件の話をした。驚いたことに、真佐子は事件があったことを知っている程度で、細かい内容についてはほとんど知らないのであった。太鼓橋のたもとに住むおばさんですら、何も知らないのだから、一般人の事件に対するとらえ方は、その程度のものなのかもしれない。

「えっ、そしたら、その事件の犯人いうことですか？」

真佐子は話の途中で、短絡的に驚いた。

「いや、それはわかりません。むしろ違うと考えたほうが妥当でしょう。たとえば日にちの関係だとか、場所の関係を比べ合わせると、まるっきり食い違いますから」

浅見が警察の捜査状況を説明すると、真佐子はほっとしたように「ああよかった」と言った。

「なんぼ嫌いな人でも、殺人事件の犯人やなんて、たまりませんものねえ」

「おっしゃるとおりです。それで、その黒い服の男——N少尉ですか——その人はそこで何をしていたのでしょうか？」

「そうそう、それがおかしいのですけど、何をしていたのか、わかりませんの。こっちもね、隠れていて、あまりよくは見なかったこともあるにはあるのですよ。でもね、そのとき、何をしているのかな？——と、妙な気がしたことは、よく憶えています。怖い顔をして、下のほうの、波打ち際のあたりを見下ろして……」

「怖い顔をしていたのですか？」

「ええ、怖い顔でした」

「ほかに誰か、仲間がいる様子はなかったのですか？」

「ええ、あれは絶対に一人でしたわね。私も一人で散策しておりましたけど、あの様子からいうと、ほかの人を気にしている感じはぜんぜんありませんでした」

「たとえば、死体を海に捨てるような気配はなかったのでしょうか？」

「死体……おお怖……まさか、そんなことはありませんよ。第一、あそこはなんぼ寂しいところといっても、死体を担いでおったりすれば、誰かに見られる危険があるでしょう。現に、私もおりましたしなあ」

「あ、いや……」

浅見は苦笑した。

「死体を捨てるといっても、たとえば下見をしていたとか、そういう意味です」

「ああ、それでしたらそう言えなくもない、怖い顔ではありましたわねえ。けど、まさか死体を……それに、日向の事件とは時間的にも関係ないのでしょう？　第一、海の水ではないとおっしゃったのでは？」

「ええ、いまのところは……」

「は？　いまのところというと、どういう意味ですの？」

「何か、トリックがあるのかもしれないということです」

「トリック……へえーっ、探偵小説みたいですわねえ」

比良真佐子はゾクゾクッときたように肩をすくめながら、眼をかがやかせた。いくつになっても、女性は怖いもの見たさの性を失わないものらしい。

「その黒い服の男のN少尉ですが、イニシャルのNは、何という名前ですか？」

「長淵、長淵静四郎少尉ですけど……えっ、ほんまにそれ、調べるのですか？」

「ええ、そのつもりです」

「でも、どうやって？……私は長淵少尉さんがその後どうなったか、まったく知りませんけど」

「その人はたしか、シベリアからの引揚者でしたね」

「そうです。シベリアに抑留されはって、脚を怪我されて、病気になって、早めに帰されたということでした」

「だったら、引き揚げてきた人たちの名簿だとか記録の中に、その人の名前があるのではないでしょうか？」

「それはまあそうかもしれないですけど……そうすると、舞鶴の引揚援護局ということになりますわねえ。でも、あれは戦後まもなく解体したのじゃなかったですか……というても、浅見さんはご存じないでしょうけど」

「はあ……」

浅見は苦笑した。むろん浅見の生まれるはるか以前のことである。

「思い出したくない時代のことですけど、でも、なんとなく懐かしい気もするのですよ。人間というのは、苦しかったころに精いっぱい生きているから、辛い悲しいのと一緒に、よう頑張ったいう、誇らしい気持ちもあるのかもしれませんわね」

自分にそういう「誇らしい」時代を持たない浅見には、耳の痛い言葉ではあった。

「もう一つお訊きしたいのですが」と浅見は言った。

「長淵少尉にその、ひどい目に遭ったという女性ですが、その人の名前と、それからその後どうなったか、わかりませんか？」

「千石さんです。千石友枝さん」

比良真佐子はテーブルの上に指先で文字を綴ってみせた。

「千石さんは自殺を図られたのですよ。幸い発見が早かったもんで、助かりましたけど、でもしばらくは放心状態でした。それから舞鶴を離れて、大阪のほうへ行ったいうことは聞きましたけど、私も敦賀の学校に勤めるようになって、結婚したりして、それっきりになりましたから……」

真佐子はふっと寂しそうな目を天井に向けた。

「ほんとうに、舞鶴時代の方たちはどうしているのかしら。みんなバラバラになってしまって、消息はわかりませんねえ」

「それじゃ、ついでに千石友枝さんのその後も調べてみますよ」

浅見は請け合うように言った。

「でも、わかりますかねえ？　それに、探してもらいたくない境遇かもしれないし。舞鶴のことは悲しすぎる思い出でしょう」

「あ、それもそうですね」

浅見は素直に反省した。世の中、誰もが過去を懐かしむことのできる幸せな人ばかりとはかぎらないのだ。「舞鶴のことは悲しすぎる」と言った比良真佐子の言葉が、胸にしみた。

3

舞鶴市役所に着いたのは三時半過ぎであった。観光課で「引揚船の資料を」と言うと、企画課のほうに回された。

浅見と似たような年代の職員が応対して、

「どういったことを調べたいのですか？」

いまどき——という意思を込めて訊いた。

「引き揚げてこられた人びとの名簿があればと思ったのですが」

「えっ、名簿ですか？　それは無理でしょうねえ。何しろ六十万人以上ですよ。それに、かりに名簿があったとしても、追跡調査はできんでしょう。個人のプライバシーの問題があるし、見ることは不可能とちがいますか？」

それはそうかもしれない。それでは、ひととおり、引揚船や引揚者に関する資料をと頼んだ。運ばれてきた資料はかなりのボリュームであった。

「すみませんが、四時半までに終わるようにお願いします」

職員は時計を気にしながら、そう言った。浅見は大急ぎで資料に取り組んだ。

〔母は来ました　今日も来た……〕の『岸壁の母』で知られる舞鶴港への引揚船第一号は、昭和二十年十月七日に入港している。以来、樺太（サハリン）からの最後の引揚船が入った昭和三十三年九月まで、舞鶴港は六十数万人の引揚者を迎えたのである。

終戦当時、外地に取り残された邦人は、軍人軍属が約三百三十万人、一般人が約三百万人以上といわれる。その人びとがいっせいに祖国へ祖国へと帰還を開始した。じつに六百万人を超える、人類史上稀にみる民族の大移動といっていい。

舞鶴港への帰還者の内訳は、ソ連からが約四十五万人ともっとも多く、以下中国十九万二千人、朝鮮一万七千人、その他――となっている。引揚者はほとんどが着の身着のまま、生命からがら――という人が多く、悲惨をきわめた。祖国に辿り着いたというのに、故郷に帰ることもなく舞鶴の援護局施設内で死亡した人が三百六十名、引揚船内でも五十九名が死亡している。

舞鶴地方引揚援護局は昭和二十年十一月二十四日に開局、三十三年十一月十五日にその役目を終えた。その間に迎え入れた引揚船は延べ三百四十六隻、上陸した人は六十六万余、遺骨が一万六千二百六十九柱――であった。

最初のころの引揚者は、とにもかくにも祖国の土を踏んで、ほっとしたのと悲しみとで、ただ涙なみだの感激ぶりだったが、時が移るにつれ、しだいに複雑な様相を呈してゆく。

ことにソ連に抑留されていた軍人は、強制労働に従事させられ、共産主義教育に洗脳され――ということもあって、祖国――ことに為政者や天皇に対して憎悪を抱きながら帰国した。上陸拒否、すわり込み、デモ、吊るし上げ、要求闘争、暴行事件といった騒ぎが、引揚船到着のつど繰り広げられたのである。

また、これとは逆に、祖国再建の意気に燃え、日の丸を掲げて入港した『日の丸部隊』という集団もあった。

ソ連からの引揚第一船が入港したのは、戦後一年四ヵ月も経った昭和二十一年十二月八日になってからである。しかも、二十三年十二月には、「ナホトカ港が凍結している」という理由で六ヵ月も中断。さらに二十五年四月には、国営タス通信を通じて「ソ連地域の送還は終了した」と発表した。実際にはまだ多くの邦人が残留していて、昭和二十八年十二月、日本政府との話し合いがつき、送還が再開されることになったのだが、ソ連が戦後日本に行なったこれらの不当な仕打ちについては、われわれ日本人は大いに怒っていい。ほかの諸国に対しては多大の被害を与えた日本だが、日ソ不可侵条約を破って参戦したことや、北方四島の占拠をつづけていることなど、ソ連に関するかぎりは一方的な被害者の立場なのである。

ところで、引揚船を迎え入れた舞鶴市と舞鶴市民の努力と功績は、直接その恩恵をこうむった引揚者ばかりでなく、すべての日本人が銘記しなければならないものだ。

市職員はもちろん、婦人会を中心とする団体や個人が、あげて引揚げ業務に協力した。湯茶の接待や、慰問のための音楽会から、身の振り方の相談まで、すべてが、いまでいうところのボランティアであった。

引揚船の入港は朝七時、八時ごろが多く、それを迎える市長、市議会議長、婦人会長など市や公共団体の長をはじめ、一般市民たちは早朝からチャーター船に乗り込み、引揚船の周囲を巡ってマイクで帰還を祝い、抑留生活の労苦をねぎらった。

物資の乏しい時代である。朝鮮からの引揚者は風呂敷包み一つという惨憺たるありさまだった。そういう彼らに、舞鶴市民は自宅にある食料や衣料品などを持ち寄って提供したりもした。

港や駅周辺にはテント張りの接待所や案内所を設け、連日二百五十人を超える人びとが歓迎と接待と歓送に従事した。また、市内の全小学校児童は、それぞれの家庭から集めた新聞、雑誌、慰問文などをプレゼントした。

帰ってくる人びとばかりでなく、舞鶴には父や夫の帰還を出迎え、あるいは待ちわびる人びとが全国からやってきた。戦死の公報があっても信じられず、来る日も来る日も港に佇んでいた母親の姿が、やがて『岸壁の母』として歌われるようになる。傷病帰還者や出迎えの人びとを収容する施設や、そこに従事する人びとの多くが、善意のボランティアによって支えられていた。

比良真佐子が言っていたことは事実だったのである。そして比良真佐子も彼女の友人の千石友枝もそうしたボランティア活動に従事した者の一人であったのだ。

膨大な資料の山を読みとばしながら、浅見はときどきページに目を止め、そこに書かれたエピソードに、涙ぐむほどの感動をいくども覚えた。

非常のときにこそ人間の資質が表われるというけれど、当時の舞鶴市民や隣接する地域、そして若狭の人びとの優しさこそが、日本人の典型であると信じたかった。

しかし、現実はそんなに甘いものではなさそうだ。オイルショックのとき、「千載一遇」などと、儲けることに狂奔した石油会社の社長、トイレットペーパーを買い漁った主婦たち、バブル経済をでっち上げ、そのどさくさの中で暴利をむさぼった政治家や経済界の人びと、その連中にタカった暴力団――エゴ剝き出しに他人を押し退けるのも、すべて日本人なのである。

そして、その悪しき日本人の典型の一人が、ボランティアの好意を、ひたむきな愛情ごと踏みにじって去った、長淵元少尉であったのだ。

4

その夜、浅見は思いもかけず、ふたたびあの、小浜市内の宿泊施設つき駐車場に泊まることになってしまった。

フロントとは名ばかり、ビルの守衛室のようなところに行って「部屋、ありますか？」と言うと、おじさんが「いい部屋ですか？」と言った。アホなカモがまた来たか——という顔であった。

「いい部屋にしてください」

浅見はウレタン剝き出しのダブルベッドを想起しながら答えた。あれが「いい部屋」だというのだから、普通の部屋の悲惨さは想像を絶するものがある。

呆れたことに、昨日と同じ部屋であった。よほどこの部屋に自信があるのか、それともほかに「いい部屋」はないのかもしれない。しかし、地下鉄なみの騒音にも、サウナなみの熱気にも、もはやさほど驚かなくなっていたのには、われながら感心する。

荷物を置いたら、すぐに街に出た。緊縮財政の折りから、夕食はまたラーメンにした。中国四千年の歴史は、安くて美味い。

べつにあてもなく、夜の街を歩いてみた。小浜駅まで行って、列車の発着時刻表を眺めて、戻った。駅を中心に、三本の道路が放射状に出ているので、行きと帰りはべつの道を歩いた。

暗い夜であった。商店街はまだしも、大きな病院のある道は薄暗く、寒々としている。肩をすくめるようにして歩きながら、浅見はふと、（なぜ若狭だったのだろう？——）

と思った。浅見自身が、思いがけず若狭に来ることになって、しかも考えもしなかった小浜のホテルに二泊する運命に陥った不思議議が、彼にそう思わせたにちがいない。

日向殺人事件の被害者・松尾俊夫は、なぜ若狭で殺されなければならなかったのだろう？

そして、犯人はその松尾をなぜ久々子湖に放り込まなければならなかったのだろう？

さらには、なぜ松尾が完全に息絶えないうちに、湖に投げ込んだのだろう？

べつに何でもないことのようだけれど、深く考えると、説明がしにくい。ことに、被害者が息絶えないうちに湖に投棄したことは、もし生き返ったら——と考えると、きわめて軽率で危険な行為である。

警察は恐らく、犯人が軽率だったとしか考えていないことだろう。実際そうなのかもしれない。あるいは、瀕死の状態だから、絶対に助からないという判断があったとも考えられる。

しかし、もしそれが単なるうっかりミスではなく、犯人側が意図したものであったとしたら——と浅見は考える。

自分が犯人だったら、そうするだろう——と考える。

いや、むしろ完全犯罪を理想とする犯人としては、当然、何らかの意図があってしかるべきだ――と考える。

こんなふうに、警察の捜査と浅見のそれとでは、スタートの理念からして異なるのである。

嘘だと思ったら、同じような殺人事件を想定して、警察にアンケート調査してみるといい。百の警察に訊けば、百すべての警察が、絶命していない被害者を放り込んだのは犯人のうっかりミスであると答えるにちがいない。そこに特別の意図があるなどとは考えたりはしない。

そして捜査は難航する。

もっとも、かりに浅見のように、犯人に特別の意図があったと考えたとしても、それではいったいどのような意図か？――で行き詰まるかもしれない。

そうなのだ。犯人が意図的に、絶命していない状態の被害者を久々子湖に投入したのだと主張するのなら、その目的は何なのか――を説明しなければならない。

宿泊施設つき駐車場に戻り、サウナ風呂のウレタン剥き出しのベッドに、まるで瀕死のゴキブリのように横たわってからも、浅見はその命題を考えつづけた。

何度か眠りに落ち、空調の騒音に驚かされ、夢とうつつのあいだを往復しながら、明け方近く、浅見はふと目覚めた瞬間、水晶のように冷徹な頭脳で、（そうだ、結論は一つだ――）と思い当たった。

小浜を午前九時に出発した。強い風と横なぐりの雨が降っていた。気温が比較的高いので雪にはならないだろう――と気象情報は言っている。

もう二度と泊まることはないだろうな、と思うと、このホテルにも名残り惜しいものを感じる。もっとも、次に訪れる日には、このホテルは建て替えられているか、そうでなければ崩壊しているにちがいない。

風雨に追われるように、浅見は国道27号を東へと走り、日向湖畔へ急いだ。

海は荒れていた。入江の防波堤に砕ける波が、その余波を太鼓橋にまで打ち寄せて、引き潮の濁り水を攪拌し、運河の岸壁をタプンタプンと洗っている。

釣り客の姿はむろん一人も見えない。おそらく日向のすべての船が出漁を見合わせていることだろう。

浅見は車を出て、体を斜めにして太鼓橋を渡り、食料品の店に飛び込んだ。

「いらっしゃい」

おばさんはびっくりした目をこっちに向けて、「あれ、このあいだのお客さんやね」と言った。

「へえー、よく憶えているもんだねえ」

「そらあんた、男前は忘れないもんねえ」

おばさんは金歯を見せて笑った。

浅見はあんパンを二つと牛乳を買って、その場でむしゃむしゃ食べた。おばさんは
「寒くはないかい、お茶いれようかねえ」と、熱い出涸らしのお茶を、縁の欠けた茶碗にジョボジョボと注いでくれた。体がホッと温まって、心にしみる味がした。

「去年の殺人事件のことだけど」

浅見はパンを平らげると、世間話のようなのんびりした口調で言った。

「死体は海のほうから流れてきたのだそうですね」

「ああ、ほうやったわね。ちょうど上げ潮やったもんね」

「警察の話によると、何でも、久々子湖に捨てたのが、いったん海に出て、岬を回って流れてきたそうだけど」

「はあはあ、ほういえば、そんな話、しとったわね」

「潮流の関係や風向きの関係もあるだろうけれど、実際にそんなことがあるものですかねえ？」

「そら知らんけど、警察がそう言うのやもの、ほうやったのとちがう？」

「なるほど……」

浅見は苦笑した。やはりふつうの庶民は警察の権威には弱いものだ。

「詳しいこと知りたいのやったら、あの人に訊いたらええがの」

おばさんは太鼓橋の方向を指さした。

太鼓橋の上に男が立って、傘の下から海のほうを眺めている。やがて諦めたようにこっちに向かって歩きだした。

おばさんは店の戸口に出て、「秀人さん、ちょっと寄ってくれんかの」と呼んだ。

男は三十代後半といった感じだ。身長はさほどでもないが、日焼けした顔や怒り肩がたくましい。

「このお客さんが、訊きたいことがあるんやって」

おばさんは言って、「この人は渡辺秀人さんいうて、青年会の会長さんをしてはります」と紹介した。

渡辺青年会会長は照れくさそうに頭を掻いている。ジャンパーの肩から、雨のしずくがパラパラと散った。

浅見はおばさんに訊いたのと、同じことを渡辺に言った。

「ああ、警察はほう言うとったですよ」

渡辺秀人はぶっきらぼうな口調で言った。何となく納得していないようなニュアンスがある。

「けど、久々子湖に死体を投げたのが、海に流れ出すまで何日かかるもんかなあ。久々子湖の中の流れは、さほどないもんね」

首をひねっている。

「小学校の付近に投棄したのではないかという話ですが」

「ふーん、小学校の付近ねえ……まあ、あそこなら道路から湖畔までは近いけど」

「犯行は一月九日ごろだそうですよ」

「ああ、ほう言うてたな。だとすると、六日間でここまで流れてきたいうわけやから。海に出てから三日間として、三日で久々子湖から出てきたいうわけやわねえ。まあ、絶対に不可能いうわけやないけど」

「久々子湖を出て三日というのは妥当なものですか？」

「それはあり得ることやわね。あの辺りの潮の流れはややこしくて、いちばん沖は『西潮』いう、西から東へ向かう大きな流れがある。その内側には、渦を巻くように『上り潮』と『下り潮』が押し合っている。下り潮が押し勝つと、潮は沿岸付近で東から西へ向かって流れるのやが、久々子湖から流れ出た死体が、もし下り潮に乗れば、じきに日向の入江に入ってくるやろね」

「死体がどんどん沖のほうへ流れていってしまうということはありませんか？」

「それはないな。夏時分やったらわからんけど、冬はほとんど毎日北西の季節風が吹いておるもんね」

「城ヶ崎に死体を投げたとすると、どうですか？」

「城ヶ崎？　菅浜のかね？」

渡辺秀人は訊き返した。妙なことを言うやつだな——という表情だ。

「もし城ヶ崎に死体を投げたとすると、日向までやってくるのに何日ぐらいかかりますかね？」

「そらまあ、早ければ一日でくるやろね。下り潮のスピードは二、三ノットはあるやし。風の向きやとか、上り潮に負けることも考えに入れないかんが、それでも、三日か四日もあればくると思って間違いないな。けど城ヶ崎は関係ないでしょう。死体は久々子湖の水を飲んでおったいう話やで。駐在さんの話によると、警察は肺の中の水を調べた言うとった」

「海の水と久々子湖の、いわゆる汽水とでは、はっきり見分けがつくほど違うものですか？」

「そら違うがな。汽水の塩分濃度は、海水の三分の一以下程度やもんな。それに、他の成分も違うやろし」

漁師の青年会会長は自信をもって断言した。おそらく警察に分析(ぶんせき)を依頼された研究所員も同じように断定したにちがいない。

「けど、あんた、あの事件を調べてるのですか？」

渡辺秀人は不思議そうに訊いた。

「はあ」

「ほやったら、私立探偵いう、あれかね？」

「いや、単なる物好きでやっているだけですよ」

「ふーん……一年も経つというのに、警察でもさっぱり犯人のめどがつかんそうやけど、おたくさんみたいな素人でなあ……何か特別な手掛かりみたいなもんがあったいうことですか？」

「いえ、そういうわけではありませんが、しかし、たったいま、手掛かりのようなものを見つけました」

「えっ、ほんまに？　どこにあるのかね？」

青年会会長とおばさんは、一緒になって太鼓橋のほうを振り返った。人気(ひとけ)のない橋を横なぐりの氷雨(ひさめ)が渡っていった。

5

敦賀署の若松部長刑事は浅見を見ると、露骨(ろこつ)に迷惑そうな顔をした。使っていない取調室に案内して、椅子(いす)に腰を下ろすやいなや、言った。

「あんた、まだおったんかね？」

「はあ、予定を一日延(の)ばして、舞鶴まで行ってきました」

「ふーん、舞鶴までねえ。ん？　まさか事件のことで行ったわけやないのやろね？」

「ええ、ちょっと戦後の引揚げのことを調べてきました」

「引揚げいうと、例の岸壁の母の、あれかね。それも何かの記事になるの？……いや、そんなことはええけど、今日はまた何の用事です？」

「じつは、つかぬことをお訊きしますが、日向の事件の被害者が肺の中に水を吸い込んでいたということについてです」

「それがどうしたいうのです？」

「水質の分析結果を見せていただくわけにはいきませんか？」

「そんなもん、新聞にも発表してますがな。たしか、塩分濃度が海水の三分の一やったかな。とにかく、久々子湖の汽水いうことは間違いないいう結論です」

「塩分濃度だけで久々子湖と断定したのでしょうか？」

「ん？　それはどういう意味です？」

「つまり、塩分濃度だけが決め手とすると、海水を真水で薄めたプールで溺れた死体を、日向の海に捨ててもわからないのではないかと思うのです」

「えっ？……」

若松は一瞬、虚を衝かれたように背を反らせた。まったく予想もしなかったことのようだ。しかし、さすがにベテラン刑事だけのことはある。すぐに態勢を立て直して、笑いだした。

「ははは、あんた、面白いことを考えるひとやな。しかし、プールの水や水道の水やったら、すぐにわかるのとちがうかね。自分は詳しいことは知らんが、たとえばカルキが検出されるとか。それと、湖の水にはプランクトンやとか、泥の濁りやとか、そういうもんが混ざっとるでしょうが。その点でも、単に海の水を真水で薄めたのとは違ういうのは、素人でもわかるやろね」

若松は「素人」のところを強調した。

「なるほど」

浅見は感心するとともに、満足もした。警察はそれなりに、きちんとやるべきことはやっているのだ。

「それでは、こういうのはどうでしょう。たとえばですね、久々子湖以外の汽水湖で死亡したというのは」

「ほかの汽水湖？……」

若松はまた背を反らせた。

「ほかの汽水湖いうと、どこのことを言うとるのです？」

「いえ、べつに特定してはいませんが、その可能性はどうかと思いまして」

「そらまあ、そういう場所があればええでしょうがなあ……しかし、三方五湖の他の汽水湖とは、海水と淡水の比率などが違いますよ」

「はあ、それはお聞きしました」

「ということは、それ以外の場所いうことですか？　この辺りで汽水湖がほかにあったかいな？……」

若松は天井に地図が描かれてでもいるように、上向きにした目をギョロギョロと左右に往復させた。

「まさか、松江の宍道湖でもあるまいし。あそこはどうやったかな？　天ノ橋立で仕切られとる、えーと、あそこは何ていうたか……あそこ、あ、そうや、阿蘇湖やなくて阿蘇海や。阿蘇海いうくらいやから、海水かな……しかし、どっちにしても、あんな遠くから日向までは流れてこんなあ」

駄洒落を言っているのかと思ったら、そうではなく、真面目に考えていたらしい。かなりのスピードで、あれこれ思い巡らせて、結局、首を横に振った。

「やっぱし久々子湖以外には考えられんですな」

それが結論だ——という思い入れを見せて、若松は立ち上がった。

「もう一つお訊きしたいのですが」

浅見は坐ったまま言った。若松は仕方なさそうに、椅子の上に尻を落とした。

「何です？」

「東京での聞込み捜査の結果は、若松さんももちろん聞いておられるのですね？」

「もちろんです。捜査会議で報告がありましたからな」

「聞込みの対象は、どうやって決めたのですか？」

「そんなもん……」

若松は迷惑そうに眉をひそめた。

「まあ、いろいろですな、詳しいことは言えんですが」

「被害者の松尾さんは金融ブローカーだそうですから、やはり松尾さんから金を借りていた人ということになりますか？」

「まあそうです」

「何人くらいですか？」

「大した人数ではないですよ。松尾さん自身が金を貸すより、貸し手と借り手を結びつけるほうが多かったそうやから。直接、被害者から金を借りとったのは、たしか十人前後やなかったかな」

「その人たちの名簿を見せていただくわけにはいかないでしょうね？」

「えっ？　あははは、そらだめに決まっとるでしょう。プライバシーの侵害もええとこですがな」

若松部長刑事は一笑に付して、今度こそはとばかり、反動をつけるようにして、立ち上がった。

第六章　名流の系譜

1

若狭から戻った翌日の夜、浅見は諏訪江梨香と落ち合って、細野家を訪れた。

約束の場所に先に行って、車の中で待っていると、江梨香は小走りにやってきて、浅見の顔を見るなり、挨拶を交わすより先にクスリと笑った。

「はあ？　何か？……」

「いえ、ちょっと……浅見さんが細野未亡人と二人きりになることに尻込みしているのを思い出して、ちょっとおかしかったものですから」

「妙なことを思い出さないでください」

浅見は苦笑したが、事実だからしようがない。

ソアラの助手席に坐ると、江梨香は真顔になって言った。

「浅見さんに言われたので、あれから一度だけ、細野さんのお宅に伺いました。そしたら、やっぱりちょっと変ですね」

「変？」

「ええ、細野さんの原稿類を整理していてわかったのですけど、あの人、下書きっていうのか、メモっていうのか、とにかく、一つの作品を書き上げるのに、ずいぶんいろいろと試行錯誤みたいな作業をしているんです。ずっと前に発表した『乾かぬ唇』っていう小説のプロットだとか、イメージをメモしたものとかなんか、まだ残してあったりして、すごく真面目に仕事をしていたんだなあって、感心させられました」

「なるほど」

浅見は頷いて言った。

「ところが『死舞』の場合は何もなかったのでしょう？」

「えっ？　どうして知ってるんですか？」

江梨香は驚いた。

「それはまあ、あなたの話しぶりを聞けば、たぶんそんなところかなと想像がつきます」

「ふーん、そうなんですか。勘がいいんですねえ。でも、ほんとにそのとおりだったんです。『死舞』に関するかぎり、創作の予備的な作業は何ひとつしていないか、何ひとつ痕跡を残していないんです。資料だってロードマップとガイドブックぐらいなもので、細かい風景描写の参考になりそうなものなんて、何もないんですよ。これはいったいどういうことだろう——って、不思議に思ったんですけど」

「どういうことだと思いますか？」

浅見の突き放したような訊き方に、江梨香はチラッと、不安そうな目を浅見に投げかけた。

「もしかすると、ですけど、あれは、ひょっとすると、何ていうか、その、いわゆるタネ本みたいなものがあったのじゃないかなって、そう思ったんです」

「つまり、盗作？」

「そこまでは言いませんけどね」

「そのこと、細野さんの奥さんに話しましたか？」

「まさか、話しませんよ、そんなこと。ほかの、『対角線』の同人にだって話していませんよ。盗作って、文学を志す者にとっては、最大の犯罪だし、そんな噂をされるのは最大の屈辱ですもの」

江梨香は心外そうに強い口調になった。

「浅見さんはほかの人と違う立場の人だから話したんですよ。絶対、秘密ですよ。誰にも言わないでください」

「はい」

浅見は軽く頭を下げた。「違う立場の人」という言い方に、少し気をよくしていた。

「これ、見てください」

前方を見たまま、左手でダッシュボードから、『北星文学』を取り出して、助手席側のルームライトを点けた。

「二十二ページの『黒い男の記憶』です」

江梨香は怪訝そうにページをめくって、五、六行読んだところで、「あらっ」と小さく声を発した。

「これ、『死舞』の……」

「そうです、タネ本ですよ」

「えっ、じゃあ浅見さんは知っていたわけ……」

絶句して、江梨香はふたたび活字を読み進んだ。読みながら、何度も「あらっ」「あらっ」と呟いている。そのうちに「ふーっ」と溜息をついて、けだるそうに背凭れに身を預けた。

「細かい字を見て、気分が悪くなったんじゃありませんか？」

「ええ、そうみたいです」

「細野さんのところはもうじきですが、少し休んでいきますか？」

「いえ、平気です。ちょっとショックだったものですから」

江梨香はそう言ったが、細野家の近くに車を置いて歩きながら、ときどき吐息を洩らしていた。未亡人にこっちの様子を疑われなければいいが——と、浅見は心配だったが、江梨香にしてみれば、そうならないために、気持ちの整理をしていたのかもしれない。

細野未亡人は、浅見が買ってきた土産の「へしこ」を、高々とぶら下げて「へえーっ、珍しいものをまあ」と目を丸くした。

「噂には聞いたことがありますけど、これがそれなんですか」

そのひと言で、少なくとも未亡人の知るかぎりでは、細野が若狭には行っていないことは決定的になった。

「ご主人は去年、金沢へは行かれませんでしたか？」

浅見はことのついでのように訊いた。

「ああ、金沢は行きましたよ。たしか夏ごろじゃなかったかしら。会社の仕事の関係で。

九谷焼のお茶碗を買ってきました」

ふっと懐かしそうな目になった。

『北星文学』が発行されたのは去年の五月である。細野が行った夏ごろなら、金沢の書店の店頭には、まだ平積みになっていたにちがいない。

「こうなってくると、前田さんの言っていたことが重要な意味を持ってきますね」

細野家を辞去してから、浅見は江梨香に言った。

「前田さんの言っていたことというと？」

「たしか、まずいことになったとか、そういうことじゃなかったですか？」

「ああ、そういえばそんなこと言ってましたね。でも、それが何か？」

「その『まずいこと』の中身が問題だと思うのです。その言葉以外に、細野さんには事件を予測させるような言動はほとんどないのですから」

「だけど、それだって、前田さんは何のことかわからないって言ってましたよ」

「それはね、漠然と考えただけでは、わからないものです。ひとつのきっかけを提供すれば、ああ、そういえば——ということになるかもしれない。たぶん、前田さんはそう言いますよ。なんなら賭けてもいい」

「そんなの、不謹慎です」

江梨香に睨まれて、浅見は「はいはい」と首をすくめた。

しかし、前田は浅見が予言したとおり、「あっ、そういえば」と言ったのである。


前田とは翌日、新宿の滝沢で会った。前田は浅見と江梨香より少し遅れてきて、「どうせなら飲み屋にすればよかったのに」と陽気そうに文句を言った。

「細野さんが前田さんに言っていたことで、あらためてお訊きしたいのですが」

浅見は少し表情を引き締めて、言った。

「はいはい、何でしょう？」

前田は浮いた口調である。

「ひょっとすると、前田さんは細野さんにスカウトの話を持ち込みませんでしたか？」

「えっ？……」

前田の表情が一変した。

「どうして……浅見さんはどうしてそれを？　誰に聞いたんですか？」

疑わしい目を江梨香に向けたが、江梨香に睨み返される前に、すぐに（そんなはずはない――）というように首を振って、視線を浅見に戻した。

「いいえ、誰にも聞きませんよ。ただ何となくそう思ったのですが、それじゃ、やはりそうだったのですね？」

「ええ、まあそうなのですが……しかし驚いたなあ」

「それでですね、細野さんが前田さんに最後に言っていた、『まずいことになった』という言葉の意味ですが、つまりそれは、せっかく前田さんに紹介してもらった転職の話が、おじゃんになりそうだとか、そういう意味ではなかったかと思ったのです」

「あっ、そういえば……」

前田は両膝を叩いて言った。浅見はいたずらっぽい目を、チラッと江梨香に向けたが、江梨香は怒ったような顔をしている。

「たしかにそうかもしれませんね。最近になって、ある人物から、細野のトラバーユは流れそうだったということを聞きました」

「ある人物とは、Tエージェンシーの宮地さんですか？」

「そうそう、え？　浅見さん、どうしてそれを？……まさか宮地からじゃないでしょうな。絶対に秘密にする約束なんだから」

「あはは」と江梨香が笑いだした。

「何でも知っているんですよ、浅見さんは」

「ほんとだなあ、驚いたなあ」

「宮地さんと前田さんとは、どういう関係ですか？」

浅見は微笑を浮かべたが、あまり表情を変えずに言った。

「大学が同じなんですよ。それで『対角線』の先輩に樹村さんがいるのを知って、『S』社に食い込みたいから紹介しろって言われましてね。そんなことはできないって断わったのです」

「それはどうして？」

江梨香が訊いた。

「ん？　そりゃ決まってるじゃない。『S』社を担当している細野がいるのに、そんなアコギなことはできないよ」

「あ、そうですよねえ」

「しかし、そう言ったら、宮地のやつ、だったら細野を紹介しろって言うんですよ。細野のことはスタジオなんかで会って、顔は知っていたみたいだね。いつも樹村さんとくっついているから、相当意識していたらしい。それじゃ、いっそ細野をTエージェンシーに引き抜いちゃおうっていうわけ。まったく、あの世界の連中は強引なんだから驚いちゃう。それで一応、樹村さんに相談したら、細野しだいだって言ってくれたもんでね。しかし一切、おれは関知しないことにしてくれって念を押されましたよ」

「細野さんはもちろんOKだったのでしょうね？」

浅見が訊いた。

「もちろんです。彼はいまの会社にあまり満足していなかったみたいでね。それに、あの業界では、高く売れるうちにどんどん売るっていうのが常識なんじゃないかな。細野は、自分の能力を認めてくれたのなら、トラバーユの条件は年収一千万円にしよう、なんて言ってました」

「しかし、いま聞いた印象だと、Tエージェンシーは細野さんそのものが欲しいのではなく、『S』社に食い込むためのコネとして、細野さんを引きずり込みたいっていうのが真意としか思えませんが」

「まさにそのとおりでしょうな」

「それなのに、樹村さんは関知しないとおっしゃっているわけですね？」

「そういうことですね」

「関知しないということは、細野さんが会社を移っても、Tエージェンシーが『S』社に食い込めるかどうかはわからないということになりはしませんか？　だとするとTエージェンシーにとっては何のメリットもないことになります」

「うーん、それは何ともわかりません。関知しないという意味は、引き抜き工作には関係しないことを指したものかもしれませんしね。しかし、いまにして思うとそういうことだったのかなあ。細野が『まずいことになった』と言ったのを思い合わせると、そう考えられますね」

「それじゃ細野さん、かわいそう」

江梨香は眉をひそめた。

「まるっきり、屋根に上がってはしごを外されるみたいなもんじゃないですか」

「まあ、それが事実ならそうだけど、しかし、所詮は冷酷なビジネスの世界のことだからねえ、仕方がないっていえば仕方がないんじゃないの」

「そんなの冷たい……」

「おいおい、そういう怒った目で睨まないでよ。僕が冷たいわけじゃないんだから」

「そうだけど。でも、細野さんだって怒ったんじゃないかしら。あの人、ふだんはおとなしいけど、いざとなったら爆発するタイプかもしれない」

「怒るって、樹村さんに向かってかい？　まさか……」

前田はそっくり返って笑ったが、すぐに硬い表情になって、「江梨香さ、ちょっと妙なことを訊くけど」と言った。

「あの晩、樹村さんはずっとパーティ会場にいたよね？」

「ええ、いたでしょう……え？　やだア、いらっしゃったわよ。前田さん、何を考えてるんですか？」

「いや、べつに……」

前田は頬を膨らませて、俯きかげんに、じっと動かなくなった。江梨香もその前田を睨んだまま、体をこわばらせている。

浅見は二人の様子を興味深く観察した。ミステリー・マニアの二人のことだから、あれこれと想像をたくましゅうしているにちがいない。

「どうでしょうか」と、浅見は水を向けてみた。

「そのパーティに出席していて、途中、会場を抜け出して、細野さんを殺害する方法はありますかね？」

「えっ」

前田も江梨香も、まるで頭の中を見透かされたとでも思ったように、ギョッとして浅見を見た。

「そんな、浅見さんまで樹村さんを……」

江梨香が非難するように言った。

「いや、僕は樹村さんだなんて言っていませんよ。誰でもいいのです。たとえば前田さんでも諏訪さんでも」

「冗談はやめてもらいたいですなあ。いくら仮定のことでも、やっぱり気持ち悪いですからねえ」

前田は顔をしかめたが、江梨香は目玉をキョロッとさせて、「でも……」と言った。

「いまちょっと考えてみたんですけど、絶対不可能ってことはないと思うんですよね。細野さんとホテルの駐車場で落ち合う約束か何かして、そこで殴り殺して、死体を車のトランクにでも放り込んでおけば……」

妙齢の女性が「殴り殺して」とか「死体を放り込んで」とか言うのは、知らない人間が聞いたら、かなり危険な感じがするだろう。

「それだったら、ほんのトイレに行くような時間で片づきますものね」

「ああ、それはそうだけどさ……だけど、動機は何なのさ、動機は？」

「動機って……前田さん、誰のことを想定してるんですか？」

「ん？　いや、まあ、だから、仮に樹村さんだとしてさ。いや、あくまでも仮にの話だけどさ」

「樹村さんに動機なんかあるはずないでしょう」

「そう、そうだよな」

その結論を得て、二人はようやくほっとしたように体をほぐした。

2

「でも、あの会場には百人ぐらいはいたでしょう？　そのうちの誰かが犯人である可能性はあるわけですよね」

江梨香は憂鬱そうに言った。

「よせよ、そんなこと言ったら、可能性のあるやつなんか、そこらじゅうにいることになるじゃないか。何もパーティ関係の連中でなくたってさ」

「あ、それもそうですね。よかった……」

「だいたい、細野を殺さなきゃならないような事情がある人間なんて、いるのかね？」

「いませんね、ぜっ・た・い！」

江梨香は最大限に強調した。

「それは違いますよ」

浅見は微笑を浮かべながら言った。

「それでも、細野さんが殺されたのは、動かせない現実なのです」

「それはそうだけど……でも、動機は何なのかしら？　浅見さんはどういう動機があると考えているんですか？」

「動機よりも、この事件の場合は細野さんが殺される条件を考えたほうがいいかもしれません」

「殺される条件、というと？」

「細野さんは五時半ごろに会社を出て、その時点までは、その足で真っ直ぐパーティ会場へ行くような感じだったのですね。ところが実際にはどこかに寄り道をしている。しかも犯人と思われる人物と会っているのです。犯人のいる場所に行ったのか、あるいは犯人が細野さんのいる場所にやってきたのかはともかく、いずれにしても、細野さんが犯人の言うまま、犯人の指示どおりに行動していることは見逃せない事実です」

二人の聴衆は、固唾を飲むように、瞳を凝らして浅見の口許を見つめている。

「しかも、細野さんはそのことを誰にも話していないということが何よりも重要なのです。つまり、誰にも口外しない約束がその人物――犯人と交わされていたと考えられます。そこまで完全に言いなりにならなければならないような相手――それが犯人の持つ条件であり、同時に、細野さんがああいう殺され方をした背景にある条件なのです」

浅見が語り終えても、しばらくは前田も江梨香もそのままの姿勢を崩さなかった。

ずいぶん経って、浅見がもう何も話さないことに気がついて、ようやく「ほうっ」と深い吐息をついた。

「そんなふうに、細野さんが言いなりになる人って、誰なんですか？」

江梨香が不安そうに訊いた。

「まさか、やっぱり樹村さん——なんてことはないでしょうな」

前田は言って、「ははは」と笑ったが、空疎なひびきであった。

「あの時期、細野さんが抱えていた問題は二つあったのですね。一つはTエージェンシーへのトラバーユ問題、もう一つは……」

浅見は言いかけて、江梨香のすばやい目配せに気づいて、危うく思いとどまった。前田は細野の「盗作」のことについては知らないはずだ。いくら故人とはいっても、江梨香が言うところの「最大の屈辱」で、死者にムチ打つことは躊躇われた。

「もう一つは——何なのです？」

前田は浅見の次の言葉を催促した。まるで少年がカエルの解剖を観察するような目で、浅見を見つめている。無心で、次に起こることへの好奇心に満ちみちている。浅見は前田が「知らない」ことでほっとした。少なくとも前田には、細野を思いのままにする条件はなかったわけだ。

「これは、細野さんの奥さんにいろいろ聞いたことを総合して、僕が勝手に考えた憶測なのですが」

浅見はそう前置きして、

「細野さんは、自分には樹村さんのように作家への道を歩む才能がないのでは——と、ほとんど絶望的といっていいほどの悲観的な思い込みがあったのではないでしょうか。それがもう一つの問題だったと思います」

言い方を変えてはいるが、これは盗作を指摘することと、結果的には似通う部分があると思った。

「ということは、つまり、その二つの問題点が細野の弱点になっていて、その二点をエサにおいしい誘いを受ければ、ヒョイヒョイ乗っていっただろう——と、そういうことですか？」

前田は理解が早かった。

「そうだわ、きっとそうですよ」

江梨香が浅見説に援護射撃を加えた。細野の「屈辱」から、できるだけ早く、話題を遠ざけたいのだ。

「なるほどねえ。うん、それは当たっていそうですね。しかし、いったいそいつは何者なんだろう？」

前田は試すような目を浅見に向けた。

「ひょっとすると、浅見さんにはある程度の見当がついているんじゃないですか？」

「ええ、ある程度は」

浅見はあっさり肯定した。

「えっ、ほんとなの？」

「はあ、前のほうの問題点を考えただけで、ずいぶん対象を絞れそうですから」

「ん？　ああ、それはそうですな。そうするとTエージェンシーの……えっ、じゃあ、宮地がいちばん怪しいわけ？　まさか、そんなばかな……いや、宮地にかぎったことじゃないか。要するに、Tエージェンシーの人間てこと？　だけど、動機がないんじゃないかなあ。トラバーユが不調に終わりそうだったというのも、何もTエージェンシー側に原因があるわけでもなさそうだし」

「えっ、というと、細野さんの側から断わろうとしていたのですか？」

「そうみたいですよ。宮地の話では、どういうわけか知らないが、あまり乗り気ではないようなことを言ってきたとか……え？　いや、まさか宮地が嘘をついているなんてことは考えられませんよ。それに、トラバーユ問題に関しては力があるかもしれないけど、作家にするとか小説を書かせるとか、そっちのほうに貢献できるとは考えられないものねえ。いや、宮地ばかりでなく、ほかにも、Tエージェンシーの中にはいないでしょう」

「はあ、それはそうなのですが……」

やはりどうしても、細野の盗作の一件を抜きにしては、動機の説明は不可能かもしれない。

浅見のあいまいな表情に、前田はいくぶん安心したらしい。ことミステリーに関するかぎり、自分のほうが造詣は深いという自負があるのだろう。

「惜しいなあ。浅見さんの推理もいま一歩およばず——といったところですか」

前田は年下の「名探偵」を慰めるように、しかし気持ちよさそうに、言った。

「はあ……」

浅見はいっそうあいまいに、微苦笑を浮かべて、沈黙した。

そこらで一杯ひっかけて帰るという前田と別れて、浅見は江梨香を送っていくことになった。

「前田さん、あんなこと言ってたけど、浅見さんには、ほんというと、心当たりがあるのでしょう?」

江梨香は悔しそうな口ぶりで言った。

「トラバーユ問題と、盗作問題の両方に関係している人物といったら、そんなに大勢はいませんもの。盗作のことは私たちだけしか知らないことですものね」

江梨香の「私たち」という言い方には、同志か戦友のようなニュアンスが込められているのが感じられて、浅見は少し面映ゆい気分であった。

「でも、浅見さんが言うみたいに、細野さんを思いのままに操る条件があったとしても、殺さなきゃいけない動機なんて、ほんとにあったのかしら？」

「ははは、またそこに逆戻りですか。動機があったから細野さんが殺されたことは、疑う余地のない事実なのに」

「それはそうですけど……でも、いまだに信じられない。あの細野さんが殺されるなんてねえ」

江梨香は悲しそうに言った。

「あの奥さんやお嬢さんを見てると、細野さんて、ほんとに小市民的な人だったんだなあって、あらためて感じるんですよね。平凡なサラリーマン生活をしていて、それでも、いつかは作家になるんだって、小さな灯し火を掲げていて……小心で、少し悪ぶるようなことはあるかもしれないけど、悪人じゃないですよ。人を陥れたり、害を与えたりなんてこと、絶対にできないタイプの人だと思うんだけど。それなのに殺されちゃうなんて……そういうことって、あるもんなんですねえ」

「そう、あるものなのです」

浅見は分別くさく言った。

「人間てやつはね、自分ではまったく気づかないうちに人を傷つけたり、人から恨まれるような行動をしているのですよ。他人に対する優しさだって、ひとつ間違うと、憐みや、ときには軽蔑と受け取られかねませんからね。罪は悪人だけの専売特許ではない。神様だって罪を犯したくらいですから」

「ふーん……神様がどんな罪を犯したんですか？」

「人間を造ったじゃないですか」

「…………」

江梨香は（本気かしら？——）という目で浅見の真面目くさった顔を見つめていて、ふと思い出したように呟いた。

「そういえば、あのとき、細野さん、何か言おうとしたわ」

「は？　何のことですか？」

「いえ、大したことじゃないんですけど、電話で話したとき、最後に細野さん、このあいだの——って言ったんです」

「このあいだの——それから？」

「それだけです。それだけ聞こえたところで、電話切っちゃいましたから」

「そう……何なのだろう？」

浅見は重大なダイイング・メッセージを聞き落としたような気分であった。

「どうせ大したことじゃないと思うんですよね。細野さんの作品を褒めたことを言おうとしたのかもしれないし。だから警察に訊かれたときも、ぜんぜん忘れてたんです」

江梨香は、浅見の深刻そうな様子を見て、当惑げに弁解した。

3

帰宅すると、出迎えた須美子が、「だんな様が書斎でお待ちですよ」と言った。

「坊ちゃま、また何かなさったんですか？」

「どうしてさ？」

「何ですか、むずかしいお顔でしたから」

須美子が言ったとおり、陽一郎は眉根を寄せた、あまり機嫌のよくなさそうな顔で振り返した。

「これでいいのか」

角封筒に入ったものを突き出しながら言った。中身は昨日の晩、兄に頼んでおいた資料である。

「早いですね、さすがは警察庁だな」

お世辞でなく、浅見は感心した。

「松尾という人物は、かなりあくどい商売をしていたそうだ。ぎりぎりとはいえ、金利は法定利息内だから、法的には問題はないのだが、貸すときは調子よく、『ある時払いでいい』とか、ときには『お宅の信用なら無担保でも結構』などというようなことを言ってどんどん貸して、相手に返済能力がなくなった瞬間に豹変する。返済期限を守らない場合には、即刻、不動産を差し押えるとか、借金の事実を公表するとか、恐喝まがいの難題を吹っ掛けたらしい。松尾が死んで救われた者は多いそうだ」

「しかし、それだけなら、借りたほうにも責任があるのだし、必ずしも同情できないんじゃありませんか？」

「ああ、それだけなら、だね。ところが、松尾の場合には、常識では理解できないようなことをやっていた。たとえば、借りたほうが借金の返済や利息の支払いをしようとして松尾の家に行くと、居留守を使ったり、逃げてしまったりしたらしいのだね」

「逃げる？　松尾氏がですか？」

「そうだ、借り手が逃げるのならわかるが、貸しているほうが逃げる。つまり、借金の返済を拒否するわけだな。そうして、返済期限を越えたといっては、担保の不動産を取り上げる。そういうやり口で巨額の財産を築いたのだそうだ」

「驚いたなあ。そんなばかなことは法的には通用しないでしょう」

「もちろんそうだが、しかし、借りた側にもいろいろと事情があって、公に裁判沙汰にもできないし、泣き寝入りするしかなかったのだろうね」

「なるほどねえ……そういうこともあるんですねえ」

経済観念の乏しい浅見は、ただただ呆れ、感心するばかりだ。

「世の中には、きみが想像もつかないような、不思議な連中がいるっていうことだね。それはともかく、言うまでもないことだが、この資料をどう使うにしろ、絶対に外部に持ち出すようなことはするなよ」

陽一郎はニコリともせずに言い、デスクに向き直ると、それっきり、何に使うのかなどと、問い質そうともしない。

弟を信頼しているのか、それとも大したことはしないだろうと見くびっているのか、わからないようなところがあるけれど、ともあれ尊敬できる兄だ。

浅見は自室に戻って資料を広げた。資料は福井県警と敦賀警察署の捜査本部が調べた、東京での事情聴取先のデータで、数枚の紙に、ワープロで打たれている。

事情聴取先は十一人。それぞれの氏名、本籍地、現住所、生年月日、職業、家族構成、そして被害者との関係についての概要が書いてある。

いずれも当然、被害者と利害関係のある人物ばかりで、十一人全員が被害者・松尾俊夫から何らかのかたちで金を借りたか、連帯保証人になっている者ばかりである。

氏名と年齢を列挙すると、次のとおりだ。

富沢泰司　五十二歳
中城光男　四十三歳
長谷川美由紀　四十四歳
柳井重昭　三十八歳
鈴木幸信　三十一歳
小山田博義　五十五歳
田畑哲雄　四十八歳

辻村茂　二十九歳
堀江早智子　四十一歳
斉藤雄二郎　六十二歳
横山健　五十一歳

その顔触れの中には知った名前は一つもなかったが、意外にも女性が二人いることに、浅見は驚いてしまった。世間一般の常識からいえば、それほど珍しくもないのだが、浅見の場合、女性が高利の金融業者から金を借りるようなことはしない——という思い込みがあるから、心理的に拒否反応を抱いてしまうのかもしれない。

そもそも浅見には、女性はこの事件と関係がないという先入観があった。被害者の松尾俊夫を若狭まで運び、さらに水辺まで担いでいった——という犯行は、非力な女性には無理な作業だ。警察の捜査対象に女性の名前があったことを意外と感じたのは、その先入観がはたらいたためでもある。

警察のデータは、十一人全員について、捜査員と捜査対象になった者との質疑の要点を記し、動機、アリバイに対する捜査員の判断や心証を添付してあるのだが、ざっと見た感じでも、女性名の下のデータや聴取メモの量が少ない。

犯人像として女性を思い描いていなかったという点では、どうやら、警察も浅見と同様だったにちがいない。それがこのデータからも、何となく読み取れるような気がする。

事情聴取の結果は十一人全員がいずれもシロである。アリバイ調査もきちんと裏付けを取ったもので、信用できる。

それにしても、この十一人の人びとには、松尾から金を借りなければならないそれぞれの事情があったのだ——と思うと、浅見は見てはならない彼らの生々しい生活を垣間見たような、後ろめたさを覚えた。

とりわけ女性が借金をするという状況には、切実な生活苦のようなものを感じて、やり切れない気持ちだ。夫が失職したり、家族に病人がいたり……という情景が、安手のテレビドラマのように見えてくる。

気分が滅入るのを我慢して、浅見は一人一人の細かいデータを読み進んだ。

そして、（あれ？——）と思った。

女性二人の家族構成を見ると、夫が失職どころか、いずれも一流会社の役職付きで、収入もかなりのものなのだ。

息子や娘も、名門大学を出て、浅見などは目も眩むような一流会社に勤めている。生活苦どころか、この上なく恵まれた上流家庭が想像できる。

（なんだ、これは？――）

わけがわからなくなった浅見の目に、ふと見憶えのある文字が飛び込んだ。

日明物産――。

たしか諏訪江梨香の勤める会社である。

長谷川美由紀の長女・希美が日明物産の役員秘書であった。希美は二十三歳、聖信女子大卒業――となっている。聖信女子大といえば、皇室へのお輿入れが話題になった名門中の名門だ。

美由紀の夫・長谷川武之は中英エレクトロンの取締役。規模はそれほど大きくはないが、日本を代表する優良企業である。

こんな恵まれた家庭でも、高利貸から金を借りなければならないというのは、どういう事情なのだろう？　しかも、その金額は――五千八百万円と書いてある。

大阪の料亭の女将には数千億円という不正融資が行なわれたそうだから、それに較べれば驚くほどの額ではないかもしれないが、それにしても、主婦が借りる金額にしては、少し大きすぎる。

午後十一時になろうとしていたが、浅見は江梨香のところに電話をかけた。

江梨香は「あらア、浅見さん」と華やいだ声を出した。

「さっきはありがとうございました」

しかし、その声音も、浅見が長谷川希美の名前を出したとたんに、ガラッと不機嫌そのものに変わった。

「ええ、長谷川希美なら、たしかにうちの社にいますけど」

「なかなか家庭がいいひとらしいですね」

「そうですよ。役員秘書をしてる、上流家庭のお嬢様ってとこかしら」

つっけんどんに言って、付け加えた。

「社内でピカ一の美人で、お上品で……でも、もう手遅れだわねえ」

「手遅れ？」

「ええ、元皇族のご令息との結婚話が進んでいるんですって。会社の馬鹿な男どもはガックリきてますよ」

その馬鹿のひとりに対して話しているような口ぶりだ。

「そう、縁談があるんですかア」

思わず嬉しさをもろに出して言った。

「そうですよ。会社に勤めたのだって、日明物産の役員秘書っていう、勲章をぶら下げてお嫁に行きたかったからなのでしょう。そういうのがいるから、女性の地位はいつまでたっても向上しないんです」

江梨香の不機嫌な応対にもかかわらず、浅見は、身内から活力のようなものがこみ上げてきた。

（何かある――）

長いこと魚信ひとつなかった太公望の竿に、ピクッと大物の手応えがあったような興奮を覚えた。

五千八百万円の借金――。

元皇族家令息との縁談――。

いくら上流家庭とはいえ、主婦が五千八百万円の借金とは、また豪勢に借りまくったものである。貸したのがあくどい松尾とあっては、銀行から借りるようなタチのいい金だったとは思えない。おそらくオープンにしにくい背景があったことが考えられる。そういう事情があって、松尾にいきなり返済を迫られたら、さぞかし困惑したことだろう。

しかし、だからといって、借金だけのトラブルなら、殺人までゆくことはなさそうに思える。想像できることは、そこに元皇族家との縁談がからんで、問題が深刻化したという可能性だ。

表に並んだ十一人の中で、長谷川美由紀に関しては、その点がほかとは明らかに異なる、重大な特徴であった。

松尾俊夫が死んだことによって、長谷川家は家門の名誉と繁栄を脅かす者を、文字どおり抹殺できたことになる。

この圧倒的な「動機」に対して、いったい警察はどのような事情聴取を行ない、シロの判断を下したのだろう？

「ねえ、浅見さん、長谷川希美がどうかしたんですか？」

浅見が長いこと黙っているので、何かおかしいと感じたらしく、江梨香は甲高い声で訊いた。

「いや、元皇族の令息にそういう縁談が持ち上がっていると、教えてくれたやつがいましてね、もしそれが事実だったら記事になるかなと思って」

「あら、そうなんですか。だったらまだ書かないほうがいいかもしれませんよ。社内のごく一部で、やっかみ半分に囁かれてるだけですもの」

記事になると聞いて、江梨香はビビッたらしい。慌てて抑え込みにかかった。

「ははは、わかりました。諏訪さんが迷惑なら、書くのはやめますよ」

浅見は「じゃあ」と電話を切りかけて、ふと気がついた。

「そうそう、諏訪さん、いまの長谷川希美さんの縁談の話、細野さんには話しませんでしたか？」

「えっ？　ああ、話しましたけど？」

「えっ、ほんとですか？　やっぱりそうだったのですか……」

浅見はほんの思いつきで言ったことが、ズバリ的中したことで、かえって気が抜けたような気分だった。

「どうしたんですか？　何かあったんですか？」

江梨香は不安そうに訊いている。

「それじゃないですかね？」

「何が、ですか？」

「ほら、細野さんが最後の電話で、『このあいだの』と言いかけたという、それはその話の信憑性を確かめようとしたのじゃないですか？」

「はあ、そうかもしれませんけど……でも、それが何か？」

「いや、ただ何となくそんな気がしたものですからね。じゃあ、お休みなさい」

浅見は江梨香との電話を切ると、ふたたび書斎の兄を訪問した。

陽一郎は弟の話を、終始眉根を寄せた難しい顔をして、聴いた。

「それで、私にどうしろと言うんだい？」

「事情聴取をした十一人の中で、長谷川美由紀の分についてだけ、詳細に聴取の内容を知りたいのです。もし、ここに書いてある程度の簡単な事情聴取しかしていないのなら、もう一度、やり直してもらってですね……」

「そんなことはできない相談だな」

陽一郎はそっぽを向いた。

「なぜですか？　兄さんの立場なら、何でもないことじゃありませんか」

「冗談言ってもらっては困る。役所には命令系統があって、それを飛び越すような真似は、組織の秩序を乱す越権行為になる。第一、現場の作業にいちいち刑事局長が口出しするようなことになったら、刑事はもちろん、直属の課長や署長、県警の部長といった、中間にいる管理職連中はたまったものじゃない。著しくモラールを低下させることになりかねないだろう」

「それはむしろ逆ではないでしょうか？　末端の刑事の仕事に対して、トップがつねに関心を寄せていることを知れば、捜査員個々のモラールはぐんと向上すると思いますよ」

「そんな屁理屈を言っても、だめなものはだめだね。それに、きみのような民間人に、警察が、捜査対象になった市民のプライバシーを洩らすなどということが、許されるはずはないじゃないか。さっきの名簿を見せたことだけでも、厳密に言えば、犯罪に近い公私混同だよ」

「それでは、そのデータを僕は見ないことにします。兄さんだけでも結構ですから、長谷川家の細かいデータを取り寄せて、判断してくれませんか」

「何をどう判断しろと言うんだい？」

「ですから、長谷川家には犯行可能な立場の人間はいなかったかどうか、です」

「そんなことは福井県警でやっているのだろう？」

「いや、それがどうも、やっていそうもないから頼んでいるのです。さっきの資料によれば、松尾俊夫から借金をしていた、長谷川美由紀のアリバイが完璧であることだけで、彼女がシロであるという結論に結びつけています。しかし、それでは美由紀の身内や周辺にいる人物についてはどうだったのか——つまり共犯関係の有無については、まったく言及していません。ほかの対象については、かなり突っ込んだことまで訊いているにもかかわらず、です。僕の印象では、警察は長谷川家に元皇族家との縁談が持ち上がっていることへの遠慮があって、捜査に手心を加えたような気がするのです」

「なにっ？……」

陽一郎はギクッとして、まともに弟の顔を睨んだ。

「その元皇族家との縁談というのは、事実なのか？」

「ええ、長谷川家の長女・希美が勤めている会社内では、もっぱらの噂だそうです」

「噂？　信憑性はどうなのだ？」

「知りません。ただし、まだマスコミなどにオープンにはなっていないようですから、数多い風聞の一つかもしれません」

「そうだろうね……いや、だったら、なおのこと、みだりに刑事が接触したりすることは遠慮すべきだろう」

「それは逆じゃないですか？」

「逆？　なぜだ？」

「もしも捜査を怠って、あとで事実関係が明らかになったら、それこそ取り返しのつかない大問題でしょう」

「うーん……」

つねに冷静で、老獪なはずの陽一郎が動揺した眼の色になった。

「それに、必ずしも刑事が出向くまでもありませんよ。僕は事情聴取を要求しているのではなく、単に長谷川美由紀夫人の家族や姻戚関係や、それにできれば長谷川家の預金額の移動などを、いくらか詳細に調べてもらえばいいのです。警察がその気になれば、そんな作業はいとも簡単なのでしょう？」

「ばかなことを言うな。警察が市民のプライバシーを侵害するようなことを、するはずがないだろう」

「兄さん……」

不肖の弟は秀才の兄を見て苦笑した。

「わかりましたよ。軽井沢の作家には、兄さんがいま言ったとおりに書かせますから、なんとかお願いします」

「しようがないな……」

陽一郎は溜息をついた。

「私が断わったからといって、きみは諦めるようなやつじゃないだろうからな。勝手に動き回られたりしては、きみを逮捕しなきゃならなくなる。わかった、なるべくきみの希望を叶える方向で善処するよ」

そう言うと、いっぺんに三十も歳を取ったように、疲れきった様子で、ドアに向けて顎をしゃくった。

4

暖冬だとばかり思っていた一月の終わりに、思いがけない大雪が降った。気象庁の予報が間に合わなかったくらいのスピードで、シベリアの寒気団が南下し、関東南方海上の低気圧に吹き込んだ。東京でも二十センチ近い積雪を記録した。

夜遅くご帰館した陽一郎が、珍しく自分のほうから弟の部屋を覗いて、黙って書類入れを差し入れた。むろん、長谷川美由紀の家庭に関する資料である。

「あっ、どうもありがとう」

浅見が中身を確かめて礼を言ったときには、陽一郎は背中を見せて廊下を二、三歩歩いていた。

係官はさぞかし苦労したことだろう。縦横に走るラインが複雑に入り組んだ閨閥相関図が、B4判の紙いっぱいに描かれている。

驚いたことに、長谷川家はあの長谷川金属グループの創業者の傍系の出自であった。美由紀の夫・武之は創業者の末弟の孫にあたり、長谷川グループの中英エレクトロンの専務取締役。武之の父親はやはりグループの一つ、長谷川建工の社長、兄は取締役を務めている。

そのほか本家筋の長谷川金属をはじめとする長谷川グループ各社の経営者に係累があり、その先の姻戚関係を辿ると、元華族、元大臣、元軍人、元知事、代議士、某神社大宮司、会社社長等々に繋がってゆく。

この閨閥に出くわしては、敦賀署の刑事が、事情聴取を躊躇したくなる理由もよくわかった。

ところが、長谷川家の係累の豪華絢爛さに較べると、美由紀夫人側のそれは対照的に貧弱なものであった。〔美由紀〕の名前から出るラインもわずかに二本。そして、その先にある父親の氏名を見て、浅見は「あっ」と声を出した。

長淵静四郎（Tエージェンシー取締役）――。

その瞬間、浅見の胸の中で、さまざまな疑惑や謎が一挙に溶け去った。

目を閉じると、唐突に、見たこともない舞鶴港の風景が意識のスクリーンに映し出された。

降りしきる雪の海。

赤サビだらけの船。

タラップからゾロゾロと岸壁に降り立つ引揚者の群れ。

打ち振られる日の丸の小旗。

その風景の中から、破れた戦闘帽を目深にかぶり、脚をひきずって歩く「N少尉」の姿が浮かび出てくる。

（運命だ――）と浅見は平凡に想った。

あるいは因縁というべきかもしれない。

（どうする？――）

浅見は自分に問いかけた。

聖信女子大を卒業して役員秘書になった「お嬢様」のことを思った。もしかすると元皇族令息の令夫人に納まるかもしれない美人だそうだ。幸福の絶頂にある彼女の行く手を思いやった。

それから、細野未亡人のことを思い浮かべた。少しがさつだけれど、憎めないタイプの女性だ。夫に夢を託して、失望して、いまやその夫をさえ失った女性の、これからの半生を想った。

（どうする？――）

また自分に問いかける。結論を選ばなければならない。

許されざる者は、目の前にいるのだ。

その夜から丸一日かけて、浅見は事件の全容を整理するとともに、事件を収束する方法を模索した。

日曜日の朝、浅見は兄の書斎に入り込んだ。

「その顔は、結論を出した顔だな」

陽一郎はひと目で見抜いて、弟に椅子を勧めた。

「むごいことかもしれないけど」と浅見は憂鬱そうに切り出した。

「殺人者は罰せられなければならないでしょうね」

「当然だろう」

「罪は家族にまで及びますか」

「そんなことはない」

「しかし、現実には殺人者の身内という烙印はおされます」

「それはやむを得ないね。ヤクザの娘の親はヤクザなのだ」

「ははは、兄さんにしては珍しい譬喩をえらびましたね」

「ああ……」

刑事局長は苦笑いを浮かべて、弁解するように言った。

「このあいだ、たまたまテレビを観ていて、暴力団幹部の娘の結婚式で仲人を務めた夕レントの話を聞いた。そいつの論理によると、親はヤクザでも娘には関係ないというのだ。『娘さんの結婚を祝って何が悪い』と開き直っていた。その披露宴に出席したタレント連中の言い分は、いずれも似たようなものだった。とんでもない話だ。娘は親の威光によって今日まで成長し、おまけに豪勢な結婚式まで挙げ、大勢のタレントどもを招待できたのだ。豪華な結婚衣装も、料理も、新婚家庭の建物も家具も、すべて暴力団組織が不法行為によって掠め取ったカネで賄われている――つまり、不法行為の成果そのものであることを思えば、関係がないなどと言えるはずがない。娘は親と一心同体、ヤクザの親を承知で、その恩恵を満喫している。親と共にヤクザであることの幸福を貫き通して生きているのだ。そう思われるのがいやなら、さっさと親を勘当するがいい。いやしくも親の威光をかさにきたような結婚式など挙げるべきではない。また、娘に勘当されたくなければ、親はヤクザを廃業すればいい。父も娘もそうしないのは、彼らが愛し合っているからだろう。ヤクザといえども、父娘の愛情はそれなりに美しいものかもしれない。しかし、タレントどもがヤクザと付き合うのは、娘が父親と付き合うのとはまったく異質だ。一方ではテレビなどできれいごとを並べ立てながら、他方で不法行為に祝辞を述べている。第一、娘のために仲人を務めたというが、親が単なる一介の庶民だとしたら、仲人などしないだろう。あくまでも親であるヤクザとの付き合いを全うしたいがために引き受けたにすぎない。そういう事実を知りながら、マスコミは徹底究明などする気配もない。そうして、ふた言めには、警察の暴力団対策はどうなっているのかなどと、空疎なお題目を唱えるばかりだ。テレビ局は、暴力団との付き合いが発覚したタレントを一掃するぐらいのことがなぜできないのか。そんなことだから市民の中にはヤクザと知り合うのをかっこいいと思い込む者まで出てくるのだ」

陽一郎は一気に、しかし淡々とした口調で喋りまくった。日ごろは、おそらく言いたいことの百分の一ぐらいしか口にしていないにちがいない。気のおけない弟を相手に、腹にしまっていた持論を洗い浚い開陳したらしく、気持ちよさそうに「ふーっ」と息を吐き、それからふと気がついて、「で、何の話をしていたのかな?」と言った。

「殺人者の罪は家族にまで及ぶかどうか——ですが」

浅見は呆れながら、しかし真面目くさって質問を繰り返した。

「ああそうだったな。いや、家族に法的な意味での罪はないが、社会的制裁という意味で、何らかの影響が及ぶことは避けるわけにいかないと、そのことを言いたかったのだよ。家族とはそういうものだろう。いいときばかり擦り寄って、悪くなったらポイッでは他人と変わりない。苦楽も罪も分かちあうのが家族の宿命じゃないかな。彼らを許すか、救済するかどうかは、社会の包容力や優しさの問題だね」

「包容力と優しさですか……」

「なんだ、妙に深刻そうだな」

陽一郎は弟の表情を窺(うかが)った。

「どうしたんだ、結論が出たのじゃなかったのか？」

「はあ、僕なりに結論を出して、どう処理すべきか悩んでいたのですが、いまの兄さんの話を聞いて、決心がつきましたよ」

「ふん、どう決心をつけたというんだい？」

浅見はそれには答えずに、兄から借りた資料を差し出した。

「これ、返しておきます」

「ん？　もう用済みなのか？」

「はあ」

浅見は席を立った。

「おい、またよからぬことを考えているのじゃないのか？」

「いえ」

浅見はゆっくり首を振った。

第七章　遠くて近き湖

1

立春が過ぎて、むしろ寒さがぶり返したような日々であった。

浅見が涸沼を訪れた日も、快晴だが気温は低く、湖面から湯気のような霧が立ち昇っていた。

東京から常磐自動車道で岩間インターまでおよそ一時間——岩間からほぼ真東の方角、約十キロのところに涸沼はある。大洗町と旭村にまたがる、大きな湖である。

涸沼は、笠間市北部の国見山から発して、那珂湊市付近で那珂川に合流、海に注ぐ涸沼川の途中に広がっている。河口部まではまだ七キロ以上もあるにもかかわらず、涸沼は汽水湖なのだ。ハゼ、フナ、コイ、ボラ、スズキなど五十数種の魚が棲み、関東では指折りの好釣り場として知られている。

ウィークデーだというのに、湖岸のいたるところに釣り人の姿があった。細長い小舟を浮かべて、竿を出している人びともかなりの数だ。

風はなく、岸辺近くの枯れ葦がかすかに揺れる、睡たげな、水墨画を見るような風景であった。

(似ている――)と、浅見はすぐに気がついた。三方湖の、鰻料理を食べた淡水という店から見る辺りの風景がそっくりだった。ことによると、この風景の印象がトリックを思いつかせ、犯罪の引き金になったのかもしれないとすら思った。

棲息する魚の種類も三方五湖と涸沼とはじつによく似ている。三方五湖にはハスという琵琶湖原産の魚がいるが、それ以外の魚種はほとんど両方に共通のものだ。

本州の西と東――対角線上の両端、直線距離でも数百キロ離れた場所に位置する二つの湖だが、イメージの上ではまるで一つのもののように重なりあって見える。

宮地が教えてくれた釣り宿は湖の中央北岸、広浦漁港近くにあった。「長淵重役は、三十年来の馴染みらしいですよ」と言っていたが、釣り宿としてはかなりの老舗らしく、店の構えも大きいし、旅館の設備もなかなかのものだ。

店の壁には釣り人たちの栄光の記録である魚拓が、いくつも飾られている。その中には長淵静四郎の名前もあった。体長八十センチの巨大なコイである。「昭和五十九年六月二十三日」と記録されていた。

「長淵さんは毎月一度は必ず来るね。ん？　去年の一月九日ねえ、どうだったかな？　ちょっと待ってくださいよ」

釣り宿の亭主は七十歳前後だろうか。ヒビ割れした指で大学ノートのページを繰っていたが、「ああ、来てるね」と嬉しそうに言った。

その日のページには、わずか三人の名前しか載っていない。三人は仲間ではなく、いずれも単独行の老人ばかりだそうだ。

「平日だからね、いちばん寒い時季だし、よっぽどの釣り好きか、よっぽどのヒマジンしか来ないよ」

「その日、長淵さんは夜釣りには出ませんでしたか？」

浅見は訊いた。

「夜釣り？　いや、冬は夜釣りはやらんね。寒いし、危険だからね」

「夜、どこかへ出かけるようなことはなかったですか？」

「さあ、どうだったかな？　憶えていないけどねえ。出かけたかもしれんが……それがどうかしたのかね？」

亭主はようやく不審を感じたのか、浅見の顔を覗き込んだ。

「いえ、この辺りでは、飲みに行く店もなさそうだし、夜は退屈だろうなって思ったものですから」

「ははは、釣りバカには退屈なんてことはないね。明日の釣りのことを考えていれば、眠れねえほど楽しいもんな」

亭主は大いに笑った。

浅見は釣り宿を出ると、涸沼をあとに、水戸へ向かった。

大学はすでに休みに入っていたが、生物学研究室には飼育動物の管理のために、助手と学生が時折り、交替で詰めなければならないのだそうだ。

芹沢玲子は研究室にいた。暖房の効いていない部屋で、相変わらず白衣を着て、ユスリカの幼虫の面倒を見ている。

「その節はお世話になりました」

玲子は丁寧に挨拶した。

玲子の父親が大きな犯罪に巻き込まれ、殺された事件（『白鳥殺人事件』参照）で、浅見は玲子と知り合った。

「電話で浅見さんの声を聞いたとき、急に涙が出てきちゃいました」

玲子は照れくさそうに笑った。事件のことを思い出すと、いまでも沈み込むことがあるのだそうだ。話しながら、またふっと涙ぐんだ。

「しかし元気そうで何よりです」

浅見はもらい泣きしそうになって、慌ててありきたりの挨拶をして、話題を変えた。

「ところで、お願いしたことはわかりましたか？」

「ええ、一応、大学にある資料を調べておきました。地元ですから、涸沼のデータはたくさんありましたが、三方五湖のは図書館の資料しかありませんでした」

玲子はコピーを取った資料を三枚、テーブルの上に広げた。

「それでびっくりしたのですけど、三方五湖の中の久々子湖と涸沼の水質がきわめてよく似ているんですね。まあ、どちらも汽水湖だから当然なのかもしれないけど、ここまでそっくりだとは思いませんでした。やっぱり同じ日本なんだなあって、あらためて思ったりして」

水質の分析表は、浅見のような素人が見てもよくわからないが、涸沼と久々子湖のデータを見比べると、表の数値がごく接近していることぐらいはわかる。

同じ三方五湖でも、三方湖などと比較すると、たとえば含有クロロフィールの数値が、涸沼と久々子湖に対して、三方湖はその十倍以上にのぼる。

「この季節ですと、プランクトンの発生量が少ないので、識別は難しいかもしれませんけど、それでも、涸沼と久々子湖には共通して輪虫類の棲息が顕著に見られますね」

玲子は、さらにいくつかのデータを示して、涸沼と久々子湖の類似点を説明した。

敦賀署の若松部長刑事の話の様子から推測すると、捜査本部がそこまで精密な水質分析を行なったとは思えない。せいぜい塩分濃度やペーハーを比較して、汽水湖であることを判定した程度のような印象を受けた。かりにきちんとした分析を行なったとしても、いまの玲子の話を聞いた感じでは、遺体の肺の中にあった水の識別が不可能だったことは十分考えられる。

浅見は礼を言って、研究室をあとにした。

「また白鳥のレコードを聴きにいらしてくださいね」

玲子は名残り惜しそうに言った。

2

Tエージェンシーを訪ねた日、出がけにポストを覗くと、三方町の比良真佐子からの手紙が入っていた。浅見の礼状に対する返礼のはがきであった。

梅が満開で、観梅のお客さんで賑わっております——と書いてあった。

三方湖畔のなだらかな谷間の集落が、淡いピンクの霞のような梅に埋まっている風景が目に浮かんだ。

浮世ばなれした三方湖畔の生活と、これから立ち向かおうとしている殺伐とした現実とのギャップに、浅見はしばし、たじろぐ思いであった。

Tエージェンシーの受付に行くと、すぐに受付の女性が先導して、役員室の隣りにある、役員用の応接室まで案内してくれた。ここをインタビューのために使わせてもらえるのだそうだ。

「広告代理店における人事管理」というテーマで、人事担当重役の談話を——という申し入れをしてある。

長淵静四郎取締役は、みごとな銀髪の、穏やかな顔つきの紳士であった。少し足をひきずっているけれど、大柄で、がっちりした体軀や皮膚の色艶は、七十二歳という年齢を感じさせない。

浅見は最初に写真を撮り、それから当たり障りのない質問をいくつかした。

この日の浅見は『旅と歴史』の名刺を使った。テレビで始まった織田信長の大河ドラマにちなんで、企業の人事管理戦略を特集する——という趣旨である。

「人事担当の取締役といいましてもね、私は非常勤で、大した役には立っておりません。まあ、入社希望者の面接の際、飾り物みたいに立ち会う程度ですよ」

長淵は謙遜して言ったが、人事に関してはそれなりに一家言を持っているらしく、弁舌に淀みはなかった。

「企業は人なりというけれど、広告エージェンシーの場合は、まさにそれですなあ。大した機械があるわけでもないし、それほどずば抜けたノウハウがあるわけでもない。すべては人の能力の発掘と使い方にかかってくるのです。広告業の場合には、クリエイティブ関係に個性的な人材が集まっていますから、どうしてもラインよりスタッフを重視する経営に陥りやすい。それを制御統轄し、全体として大きなエネルギーに高めていかなければならないわけでして、そこに、この業種での人事管理の特殊性があるといえますかな」

そういったことを、具体例を交えて、長淵は話した。

「それにはやはり、軍隊時代のご経験が活かされるのでしょうね」

浅見は訊いた。

「まあ、そうともいえますかな」

長淵は初対面のときから、人を逸らさない、にこやかな微笑を湛えていたが、このとき、はじめて眉根を曇らせた。

「長淵さんは少尉ですから、小隊長さんだったのですか？」

「ん？……」

「たしか、シベリアに抑留されておられて、脚を怪我されたのでしたね」

「ほう……あなた、よくご存じですな」

「舞鶴に帰還されたときは、感慨無量だったのでしょうね」

「……」

長淵の眼に、暗い警戒の色が浮かんだ。

（この男、何を言おうとしているのだ？——）と怪しむ眼である。

「先日、若狭へ行ってきました」

浅見は委細かまわず、言った。

「若狭はいいところですねえ。風景も穏やかですが、人の心がとても優しく感じられました」

「浅見さん、インタビューが終わったのなら、これで失礼させていただきますよ」

長淵は腰を上げた。

「あ、もう少し聞かせていただけませんか。たとえば、舞鶴の病院でのこととか」

「千石友枝さんが、その後どうなったかといったようなことについても……」

「なに？……」

「きみっ、それは何のことだ？」

刺すような、険悪な視線であった。

「去年の正月、三方五湖の日向湖で水中綱引きが行なわれたとき、他殺死体が漂流してきましてね」

「おいっ、いいかげんにしないか。私は忙しい身だ。つまらん世間話に付き合っているひまはない。帰ってくれたまえ」

「はあ、わかりました。それでは今日のところは引き上げて、後日あらためてお目にかかります」

「いや、もう会う必要はない」

「それは困りましたね。では、長谷川さんのところのお嬢さん——お孫さんの希美さんにお会いしましょうか。それとも、長谷川夫人のほうがいいですか？　融資を受けておられたのは、あの奥さんでしたからね」

「き、きさま、この私を恐喝する気か？　警察を呼ぶぞ」

「どうぞご随意になさってください。かえって、警察のほうで長淵さんに会いたがっているはずですから」

「なにっ？」

「警察としては、長谷川さんのお嬢さんの縁談のこともあって、いろいろと気を使っているのです。あなたに呼んでもらえれば、喜んで飛んできますよ。しかし、警察の捜査はあまりスマートではありませんから、そこいらじゅうを引っ掻き回してしまうでしょう。何も知らない希美さんまで巻き込むのは、祖父であるあなたとしては、望ましいことではないと思いますが」

　穏やかだった長淵の顔が、夜叉のように険しくなった。血の気は失せ、額からは脂汗が滲み出ている。

「き、きさま、何が目的だ？　金か？」

　嗄れた低い声で言った。

「おやおや……」

　浅見は嘆かわしそうに首を横に振った。

「長淵さんは勘違いなさっていらっしゃる。僕がそんな男に見えるとしたら、残念なことです」

「だったら、いったい、私に何をどうしろと言いたいのだ？」

「それは、あなたご自身が決めることです」

「私自身が？　何を決めろと言うんだ？」

「不安の根源を断つことです」

「不安の根源？　何のことだ、それは？」

「あなたがこれまでにそうしたように、不安をもたらすものを消すことしか、救われる道はありません。ただし、これまでと違うのは、僕を消してもだめだということです。もっとも、僕は松尾さんや細野さんと違って、そう簡単に消されるようなヘマはしませんけどね」

長淵の手がブルブル震えるのが見えた。

「あ、あんた、何の話をしているんだ？　松尾だとか、細野だとか、それはどういう人物なのかね？」

「あれ？　もうお忘れですか？　あなたがその手で殺した人たちではありませんか」

「いいかげんにしろ！」

長淵は浅見の正面に坐り、充血した眼で浅見を睨んだ。浅見もその眼を睨み返した。人間の眼は、こうしてまともに見ると、じつに恐ろしいものであることに気づく。目は口ほどにものを言い――というが、直径わずか三センチほどの球体が、驚くべき量の情報を送り出してくる。憤怒、憎悪、嫌悪、恐怖、猜疑、哀願……複雑な感情がごっちゃになってこっちの眼に突き刺さる。

その同じ眼が、愛情や優しさや慈しみを湛えて、人を、妻を、わが子を見つめるときがあるのを思うと、浅見は悲しくて、しぜんに涙が湧いてきた。

涙でぼやけた長淵の表情に、驚きの色が広がった。

「どういうことだ……」

動揺し、うろたえる気持ちを、そのまま呟きに洩らして、長淵のほうから視線を逸らせた。

それからずいぶん長い沈黙の時が流れた。部屋の中でたった一つだけ動く置き時計の針が、コツコツと無情な音を刻む。

「浅見さん」

と長淵は乾燥した声で言った。いつの間にか、表情から狂気を思わせるようなただならぬ気配は消え、眼の色もいくぶん青みを取り戻した。

「話を聞かせてもらおうかな」

「はあ」

「あんたは私の何を知っているのかね？」

「一つは、松尾さんが殺害された事件のことについて」

「松尾とは、あの卑劣な高利貸だね。あの男が若狭で死んだことは新聞で知った。私の娘を誑かすようにして、いつの間にか巨額の借金を背負わせたやつだ。そいつが死んだのは、まさに天の配剤というべきだろう」

「しかし、罪は罪です。あなたにとっての正義は、彼にとっては不正な犯罪そのものでしかなかったのです」

「私が？　犯罪？……それはどういう意味なのかな？」

長淵は苦笑を浮かべて、試すような目で浅見を見つめた。

「去年の一月十一日、あなたは美浜町の城ヶ崎へ行って、松尾氏の死体を海に投げ込んだのです」

「ほう、それは驚くべき事実ですなあ。しかし、私の記憶に間違いがなければ、たしか、新聞の報道では、松尾氏は去年の一月九日に三方五湖の久々子湖で溺死したことになっていたのではなかったかな？」

「ええ、おっしゃるとおり、警察はそう発表し、現在もその線で捜査を続けていますよ。つまり、あなたの仕掛けたトリックに、まんまと騙されたのです」

「ほう、トリックとはどういう仕掛けですかな？」

「あなたは一月九日に涸沼に釣りに出かけていらっしゃる。警察があなたのお嬢さん――長谷川美由紀さんに事情聴取をした際、たとえあなたに疑いを抱いたとしても、あなたにはきちんとしたアリバイがあったというわけです」

「なるほど、涸沼へ行っていたことも調べたのですか」

「ええ、釣り宿の亭主から話を聞きましたし、宿泊者名簿も見せてもらいました」

「それなら完璧(かんぺき)ですな」

「アリバイに関しては完璧です。つまり、一月九日には若狭に行っていないという事実だけは――という意味です。しかし、涸沼へ行ったとき、あなたの車のトランクには松尾さんが詰め込まれていました。睡眠薬で眠らされていたのか、それとも、後頭部を殴打(おうだ)されて、意識不明のままだったのかは知りませんが、とにかく、松尾さんは九日の深夜までは生きていたのです。違いますか？」

長淵は黙って微笑を浮かべたまま、肯定も否定もしなかった。

「深夜、釣り宿を出たあなたは、涸沼の水に松尾さんを漬(つ)けて溺死させた。そして翌々日の十一日、若狭へ向かったのです。死体の捨て場所を城ヶ崎にしたのは、最善の選択だと僕も思いました。若狭湾の潮流や風が吹く方向で、城ヶ崎に捨てた遺体が、いつ、どこに漂着(ひょうちゃく)するか、それはわかりませんが、いずれにしても、死亡推定日時が一月九日の深夜であることと、犯行場所が久々子湖であることは、警察の捜査によって間違いなく特定されたでしょうからね」

「それならいっそ、遺体を久々子湖に捨てそうなものだが、なぜそうしなかったのですかな？」

　長淵はひとごとのように言った。

「ええ、たしかにその疑問はありましたが、実際に久々子湖へ行ってみて、その理由は推測がつきました。あそこは道路が狭いし、ことに湖畔の辺りは行き止まりのようなところですから、下見に行った際など、目撃される危険性があります。僕の経験からいうと、地元の人は、見かけない人間がウロウロしているのが、とても気になるみたいです。その点、城ヶ崎なら、目撃されたとしても、久々子湖とは結びつきません。松尾さんは、海にではなく、あくまでも汽水湖に捨てられ、溺死したのですからね」

「なるほど参りましたな」

　長淵は大儀そうにゆっくりと頷きながら、言った。

「あなたの言ったとおりです。しかし、警察でさえ完全に騙せたトリックなのに、素人のあなたがよく気がつきましたなあ。謎解きのきっかけは何だったのですか？」

「もちろん、あの小説です。細野さんが殺されなければならなかったのは、すべてあの小説『死舞』が原因になっている——と断定して、あの『黒い服を着た男』が城ヶ崎で目撃された日時が一月十一日であることを知れば、謎やトリックを解くのは、それほど難しいことではありませんでしたよ」

「ははは、恐れ入りましたなあ。涸沼と久々子湖の水質が近いことなど、私は考えに考え抜いて、やっと辿り着いた妙案だと信じていたのに、そう簡単に見破られるとはねえ……いや、考えてみると、いくら黒いコートを着て変装したつもりでも、日中にああして現場の下見をしたのは軽率だったかもしれませんな。かといって、いきなり真っ暗闇の岩場を下りてゆくわけにもいかなかった。私は若狭のことはたいていは知っているつもりだが、なにぶん古い記憶ばかりで、敦賀半島の変わりようには驚くべきものがありましたからね。二つの原発ができて、道路もよくなった。車が入るには都合はいいが、はたして城ヶ崎の先端がどうなっているものか、心配でしたよ。しかし、岩場の先に寄せる波は昔のままでしたなあ。あの日の午後、若狭に着いて、城ヶ崎で車を停めて、おっかなびっくり、岩場の先で海を覗き込んだときの、あの海の色には感慨無量でした」

そのときの記憶を呼び覚ますように、長淵は遠くを見つめる目になった。

「その姿を、たまたま目撃されたのは、あなたの不運というより、それこそ天の配剤というしかないのでしょうねえ」

浅見は心の底から気の毒そうに言った。

「しかもそれは、あなたが——長淵元少尉が舞鶴で病んでおられたときのことを知っている女性だったのですから、もう運命としかいいようがありません」

「………」

「あそこに書かれた、城ヶ崎での出来事は、事実にもとづいたものでした。そのことは、細野さんの小説をお読みになった時点で、あなたには、すぐにおわかりになって、さぞかしショックが大きかったことでしょうね」

「そうだね、それは否定しない」

長淵は静かに頷いた。

「舞鶴での私の卑劣な行為のことを知っていて、ああいう書き方をできる人物が、ほかにいるとは思えないからね。ところが、思いもかけず、細野という男が、城ヶ崎海岸で私を目撃したことを、小説仕立てで書いてきた。それも、私に直接見せることをせずに、採用選考の資料という形で提出して寄越した」

長淵はそのときのショックを思い起こすように、眉をひそめて天井を睨んだ。

「いったい、いかなる狙いがあるのか——その回りくどいやり方が私には不気味だった。真意や背後関係を確かめようと、若狭のことをあれこれ訊いても、あいまいな答えしか返ってこない。しかし、一月十一日に私が城ヶ崎にいたことを目撃したという事実を、彼は突きつけてきたのだ。その目的が何であるにせよ、私にとって、きわめて危険であることだけは確かだった」

長淵はそこで言葉を止めて、陰鬱な目を浅見に向けた。

「城ヶ崎で、黒ずくめの姿を目撃されたことは、ドジな話ですが、それはそれとして、あの小説を読んだときの率直な感想を言うと、細野氏がなぜ舞鶴でのことを知っていたのか、私は不思議というより、恐怖に近いものを感じました。その当時、彼はまだ生まれていなかったはずですからな。知っている理由はただ一つ、細野氏が彼女――千石友枝から話を聞いていることとしか考えられない。いったい細野氏と友枝とはどういう関係なのかを、あれこれ想像して、私は宿命というか、因縁の恐ろしさに慄然としました」

長淵は、そのときの衝撃をそのまま表現するように、肩をすくめ、寒そうに全身を震わせた。

「みっともないことだが、うろたえた私は、彼が千石友枝の息子――つまり、私の血を引く人間だと早とちりしたのですな。しかし、履歴書を見てそうではないことだけはわかった。とたんに、恐怖の反動のように憎悪が高まってきた。私は、細野氏の面接試験があった数日後、ひそかに細野氏の会社に電話して、細野氏と会いました。話は入社に関することと言ってはいたが、実際は彼の腹を探るのが目的でした。だが、彼は容易に腹のうちを見せない。城ヶ崎での私の怪しい行動を、小説の形で突きつけた目的が何なのかを探ろうとしても、ノラリクラリとあいまいなことを言う。そしてとどのつまり、彼は何と言ったか……」

長淵の目の中に、一瞬だが、また凶悪な光が宿った。

「あの男は『お孫さんが元皇族のご令息と結婚されるそうですね』と言ったのです。じつに卑屈な口調で、卑しい笑みを唇の端に浮かべて、『そういう幸運な人もいれば、私のような恵まれない男もいます』と言ったのです。私はその言葉を聞いたとたん、はじめて彼の真の目的を理解できた」

そのとき、浅見は思わず「やっぱり……」と溜息をついた。

「長淵さんがそういう受け取り方をされたのだろうとは、想像していました」

「それはもちろん、そういうふうに受け取りますよ。それ以外に考えようがありませんからな」

「それで、そのひと言で、あなたの殺意は動かし難いものになってしまったというわけですね？」

「そうです。私自身のことならばともかく、何の罪もない可愛い孫にまで累を及ぼすことは、断じて許せなかった。うわべは平静を装ってはいたが、私は内心、震え上がる思いでした。『金額は？』と訊くと、彼は怪訝そうな顔をしたが、すぐに指を一本立て、いっそう卑屈な笑いを見せながら、『一千万で結構です』と言った」

世にも不愉快そうな、吐き棄てるような口調で、長淵は言った。

「その場は彼の要望に副う態度で別れ、そしてあの夜、彼を私の家に呼び、背後から一撃し、絞殺しました」

「何ということを……」

浅見は目をつぶり、天を仰いだ。

3

「疑心暗鬼」と言うには、あまりにも愚かで陰惨な長淵の行為であった。

「すべては誤解と錯覚なのですよ」

浅見はそういう言葉すら、虚しいと知りつつ、言った。

「細野さんは何も知らなかったのです」

「ん？　何も知らない——とは？」

「あなたが若狭の城ヶ崎で何をしたのか。松尾さんの死体を放り込んだことはもちろん、あなたがそこにいたことさえ、細野さんは知らなかったのですよ」

「は？　それはどういう意味です？」

長淵は不安そうに浅見を見つめた。

「あの小説に書かれたことは、細野さんの体験なんかではなかったのです」

「というと、つまり、彼女——千石友枝から聞いたことだと言われるのかな？　しかし、それは結果としては同じことでしょう。いずれにしても、彼は私を恐喝したのだ」

「いや、そうではなく、あの小説は細野さんの作品ではないという意味なのです。つまり、盗作だったのですよ」

「何ですと？……」

長淵はポカンと口を開けた。

「では、作者は誰なのです？……あ、そうか、それが千石友枝というわけですか？」

浅見は否定しようとして、やめた。否定すれば、比良真佐子の名を言わなければならなくなる。

「真の作者が誰かということはともかく、細野さんがあの原作を盗んだのは、単なる偶然でしかありません。原作は細野さんとは何の関係もない、ある地方の同人雑誌に掲載されたものなのですよ。それを盗用して、誰も読む人はいない、ごく小さな同人誌である『対角線』に出したところで、世間にばれる気づかいはないと、細野さんは考えたのでしょう。しかし、それが思いがけないところで、思いがけない結果を引き起こしてしまった」

「何ですと？　それじゃ、細野氏にはまったく恐喝の意志はなかったというのですか？」

長淵は狼狽して、口から唾を飛ばした。

「まさか、そんなばかなことが……そうだ、彼は明らかに恐喝の金額を示したのですぞ、一千万円と……」

浅見の目の前に指を突き立てた。

「それも長淵さんの錯覚です」

浅見は気の毒そうに言った。

「細野さんは、友人に転職の話をして、その際に、希望年収は一千万円だと話していたそうですよ。一千万というのは、僕みたいな落ちこぼれには高嶺の花ですが、広告業界ではそれほど法外な年収ではないときいています」

長淵は言葉を失った。

「それに、細野さんは、Tエージェンシーへの転職を、なかば諦めていたと思えるふしがあります」

「えっ、本当ですか、それは?」

「ええ、彼は友人に『まずいことになった』と洩らしているのです。長淵さんは気づいておられなかったのですが、ほかの、たとえば宮地さんなんかによって、あの小説が盗作であることを見破られたと、細野さんは感じていたようですね。それだけに弱気になっていた。だから、長淵さんに希望金額を訊かれた際、だめでもともと——という気持ちで、指を一本突き立てたのですよ、きっと。年収一千万円というのは、細野さんにとっては、ささやかな願望だったのでしょう」

「しかし、孫の縁談のことまで知っているというのは……」

「そのことなら、僕だって知っていたじゃありませんか。なぜ知っていたかというと、お孫さんの長谷川希美さんが勤めている会社に、『対角線』の同人がいて、社内の噂話を教えてくれたのです。細野さんが長淵さんにその話をしたのは、あなたの歓心を買う目的があったにもせよ、ごく素朴に、おめでとうを言いたかったのだと思いますよ」

「………」

「…………」

長淵はついに沈黙してしまった。端整な顔立ちは醜く歪み、色艶のよかった皮膚も、しわが目立って、まぶたの下や頬のたるみは老残を思わせる。七十余年の生涯の虚しさを、緩んだ入れ歯で噛み締めるような、悲哀とも屈辱とも、何とも表現のしようがない、複雑な表情であった。

「なんということをしたのだ……」

長い沈黙に耐えきれなくなったように、長淵は、血の気が引いて、白っぽくなった唇から、掠れ声を洩らした。

「私は狂っていたのですなあ。自分で自分の強迫観念に脅えて、ことの判断がまるっきりおかしくなっていたらしい。松尾を殺した時点で、私は単なる殺人鬼と化してしまったのかもしれない……」

「松尾氏を殺したのは、やはりお嬢さんやお孫さんのためなのでしょうね？」

浅見は慰めるように、言った。

「もちろんそうですが……しかし、あの瞬間の私は無我夢中だった。冷静な判断や計算など、まったくできなかった。ただひたすら、この男を殺さなければならないと、それだけしか頭にはなかったですな」

「そこまであなたを追い込むような……」

と浅見は吐息をついて、訊いた。

「松尾氏はいったい、何をしたというのですか？」

「ん？……ああ、たかが借金のことぐらいで、殺すことはないじゃないかと、あなたはそうおっしゃりたいのでしょうな」

長淵は醜く笑った。

「ことの始まりは、娘の美由紀が大学時代の友人の紹介で、やつの……松尾の金を借りたことなのです。あとでわかったことだが、その友人なる者も、いわば松尾の毒牙にかかって、仕方なく手先のようなことをさせられていたのですな。娘はたまたま、ある知人に贈り物をしたい事情があったもので、渡りに舟と、軽い気持ちで話に乗ってしまった」

「その事情というのは、お孫さん——希美さんの縁談をまとめるための、根回しのようなことですね？」

浅見が訊くと、長淵は少し驚いて、情けない顔をして頷いた。

「あなたは何でも知っているのですなあ。おっしゃるとおりです。愚かな娘で、何ともお恥ずかしいことだが、娘にしてみれば、精いっぱい、背伸びしたつもりなのでしょう。

そんなことをしても無駄なのに、あちこちの有力者に、つけ届けをしていたようです。とにかく、そういうわけで、松尾は娘に百万円を貸してくれた。無利息無担保だが、一応、証文は書かせたそうです。しかし、その後ずっと、催促するわけでもなく、ほったらかしのような状態になっていたので、娘も呑気に構えていたところが、三ヵ月後に、急に娘を外に呼び出して、その金を返せと言ってきた。娘の嫁ぎ先は裕福な家庭だが、娘に自由にできる金があるわけではないのです。ことし七十歳になる姑が元気で、家計をしっかり握っておりましてね。で、娘が当惑すると、松尾はそれではと、一日で一分の利息をつけた。月三割の高利です。『その代わり担保はいらない、お宅の信用が担保です』ということだった。今度は、ある時払いの催促なし——といううまい話だった。そして、孫娘の希美の縁談がうまく進むように応援すると言い、その場でさらに三百万を提供したのです。さらに娘に株式投資を勧め、一千万円を立て続けに三度、融資した。わずか八ヵ月のあいだに、娘の借金は五千万円を超えたのですよ。最後のほうになると、娘は何が何だかわからなくなって、ほとんど松尾の言いなりに金を借りたようです」

「そんなに金を貸して、いったい松尾氏の目的は何だったのですか？」

「目的は、私の家と土地ですよ。わずかばかりの地所と古いあばら家だが、たまたま新宿に近い場所にあって、資産価値は高いらしい。松尾はそれを狙ったのです。娘は私に内緒で、いつのまにか実印を使って、土地を担保にする証書を作って渡していました。ある夜松尾がやってきて、その証書をつきつけたときには、すでに返済期限は過ぎて、どうすることもできない状況でした。私が断わり、法的に争う余地のあることを言うと、松尾は孫の縁談の話を持ち出して脅しおった。裁判沙汰になって困るのではないか——と、皮肉な笑いで、私を軽蔑したように眺めて、そう言ったのです。もはや土地を渡すしかないか——と諦めつつあった私だが、その瞬間、憎しみがこみ上げて……」

それから長淵は、緩慢な動作で、両手を膝の上に載せて、手の甲を何度も返すようにしながら、じっと見下ろしている。その手がまるでべつの生き物のように、細野を、そして松尾を殺害したときの感触を思い出しているのかもしれない。

しかし罪はその手にあるわけではない——と、浅見は神のごとく冷酷に思った。そのことをはっきり思わなければ、死んでいった者たちがあまりにも哀れだ。

「さて」と、長淵は溜息と一緒に言った。

「これから浅見さん、どうしますかな？」

「僕は何もしません」

「えっ？……」

長淵は文楽人形のように、いくつかの段階をつけて、浅見のほうに首をねじ向けた。

「何もしない、とは、本当に何も……たとえば警察を呼ぶとか……」

「そんなことはしません。するつもりなら、最初から警察に通報しますよ」

「それでは、やはり……いや、失礼、あなたはそんなことはしない人でしたな」

長淵は、自分の卑しさを憐れむように、首を振った。

「神でもない僕がこんなことを言うのは、不遜かもしれませんが」

浅見は躊躇いながら、しかし断固として言った。

「僕は細野さんの代わりに言わなければなりません。いや、細野さんの奥さんや、中学に入ったばかりのお嬢さんに成り代わって、言わなければなりません」

「はあ……」

長淵は断罪の時を待つように、頷きながら目を閉じた。

「この話の最初に、不安の根源を断つ方法は、あなた自身が決めることだと言いました。あなた自身のためにも、あなたの可愛いお孫さんのためにも、そのことを、もう一度、言わせていただくだけです」

浅見は静かに立ち上がると、「では」と一礼して部屋を出た。

長淵が何か言いかけたように感じたが、もう振り返ることはしなかった。

エピローグ

長淵静四郎の事故死を報(ほう)じる記事が新聞に載ったのは、それから二週間ほど経(た)ってからのことである。

長淵は、夜の八時ごろ涸沼で舟釣りをしていて、誤(あやま)って湖に落ち死亡した——と書いてあった。非常勤の平(ひら)取締役の死亡記事が新聞に掲載されるのはめずらしいが、事故死であったことと、Tエージェンシーと新聞社が広告出稿(しゅっこう)の関係で親しいためと思われる。

警察がそう断定したのだろう、新聞はあっさり「事故死」としているけれど、浅見はもちろん、死の真相を知っている。長淵は「不安の根源」を断つために、自ら死を選んだのである。そのこと自体はなかば約束されたものだから、それほど意外性はないとはいえ、さすがに、一個の人間のいのちが消えたことを思うと、浅見は厳粛(げんしゅく)なものを感じた。

しかも、その死には浅見が強く関わっている。「神のごとくに――」などと、使命感をかき立てかき立て、いわば長淵に死の宣告をしたのだ。

もとより、そんな権利や資格が自分にあるなどとは思わない。正義を行なった満足感どころか、強い後悔と罪悪感を死ぬまで抱えてゆくことになるのかもしれない。

それを思うと、いっそ何もかも警察の手に委ねてしまったほうがよかったという悔いが残った。そのほうがどれほど楽だったかしれないし、浅見の「事件簿」に輝かしい一ページを書き加えることにもなったはずだ。この話を、あの軽薄で無節操な軽井沢の推理作家にすれば、ホイホイ喜んで『若狭殺人事件』を書き綴るにちがいない。

もし長淵に孫娘のあることを知らなければ、そして、彼女の縁談がまとまりかけていることを知らなければ、おそらく浅見は、何の躊躇いもなく警察に事実を伝えて、自分の手を汚すことはしなかっただろう。

事件が明るみに出たときの、彼女や彼女を取り巻く人びとに与えられる残酷な悲劇を思うと、浅見はそうする勇気が萎えた。そのどちらの道を選んでも、後悔と罪悪感は免れないとすれば、浅見は長淵に死の宣告を行なうしかなかった。

この二週間は、長淵にとってはもちろん、浅見にとってもギリギリの人間性を試される日々だった。

いかに生きるか、いかに死ぬか――死生観は人間の究極のテーマである。長淵はあざやかに最後の選択を行なった。たとえ罪多く、汚辱にまみれた人生であったとしても、そうしたことによって、彼は自らの尊厳を主張し演出しえたのだ。

長淵にそういう幸福な選択の余地を与えたことが正しかったのかどうか、浅見に自信などあろうはずがない。殺された松尾や細野、そして彼らの家族の不運を思うと、長淵ひとりを許すべきではなかった――という悔いも残るのである。

それでも結局、浅見は最後まで沈黙を守ることになった。死の恐怖に直面する長淵の苦しみを思いやれば、自分のウジウジした煩悶など、ものの数ではないのかもしれない。そう思い捨てて、あとは長淵の潔さに望みを託すばかりであった。

一人だけの遅い朝食のテーブルで、トーストをかじり、コーヒーを啜りながら、新聞記事を読み終えたとき、リビングルームで電話のベルが鳴った。

「坊ちゃま、お電話です、女の方です」

須美子がドアの脇から顔を突き出して言った。「女の方です」というところに、妙な力を入れている。

電話は細野未亡人の菊代からであった。

「あの、ちょっとおかしなことがあったものですから……」

言いにくそうに、ぼそぼそと喋（しゃべ）った。

「何でしょうか？」

「はあ……お電話ではなんですので、いちど、うちのほうにいらしていただけるとありがたいのですが」

ただごとではない口調だ。親戚（しんせき）や知人がいないわけではないなかで、自分を選んでくれたことに、浅見は責任を感じないわけにいかなかった。


昼前に細野家を訪（たず）ねた。

「すみません、お忙しいところを」

菊代は、彼女のこれまでのイメージからいうと、オドオドしているようにさえ見えるほど謙虚（けんきょ）に振る舞い、浅見を招き入れた。

「最初、警察に届けたほうがいいかとも思ったのですけど、やっぱり浅見さんにご相談してからと思いまして……」

少し震える声で言いながら、菊代は茄子紺（なすこん）の風呂敷に包んだものをテーブルの上に載せた。

「昨日の午後、宅配便でこれが送られてきたのです」

風呂敷を広げる過程で、浅見には中身の想像がついた。

思ったとおり、風呂敷包みからは札束の現われた。百万円の束がざっと見た印象でも十個程度はありそうだった。

「開けたとたん、もうびっくりしちゃって……これ、一千万円、ありました」

もちろん、浅見には送り主がピンときた。細野が望んだ「年収一千万円」とピタリ一致する。そのことと関係があるのかどうかはわからないが、その数字の連想があるために、金の送り主がピンときた。

「送り状を見たんですけど、宛先が私の住所氏名になっていて、差出人のところに『同上』とだけしか書いてないんです。気味が悪くて……」

伝票には荷物を扱った店のスタンプが打ってある。それによると、荷物は静岡市から発送されたものだ。わざわざ静岡まで出かけて、差出人の素性をわかりにくくしていることに、浅見は長淵の誠意を感じ取った。

「いったい誰なんでしょうか？」

菊代は、浅見のあまり動揺していない表情を読み取って、不審そうに訊いた。

「えっ？　あ、いや、わかりませんが……」

「もしかしたら、主人の事件に関係があるんじゃないかって、思ったんですけど」

「そうですね、たぶん……」

「じゃあ、犯人からかしら？」

「それ以外には考えにくいですね。罪滅(つみほろ)ぼしのつもりなのでしょう」

「だったら、やっぱり警察に届けたほうがいいですよね」

「はあ、そのほうがいいでしょう」

「じゃあ、そうします……正直なところ、ちょっと残念な気もしますけど」

菊代はテーブルの上の大金を見つめて、溜息をついた。

菊代のあけすけな言い方に、浅見は抵抗を感じないわけではなかったが、それは、第三者のセンチメンタリズムというべきものだろう。これから先、中学生になったばかりの娘を抱えて生きてゆく彼女にとっては、そういう逞(たくま)しさこそが必要なのかもしれない。

「しかし、いずれあなたの手元に戻ってくることになりますよ」

浅見は笑って言った。

「えっ、そうなんですか？」

「法律的なことは詳しく知りませんが、差出人が誰であるにせよ、これは奥さんへのプレゼントですからね。差出人がわからなければ、最悪でも拾得物(しゅうとくぶつ)と同じ扱いになって、半年か一年先には、いずれは奥さんに帰属権が生じることになると思います」

「ほんとですか？」

菊代の目が輝いた。

「よかった……犯人にも良心があったっていうことですねえ」

「もちろんですとも。どんなに凶悪な犯人といえども、生まれたときから殺人者になるつもりなんかありませんからね。きっとふだんは、われわれと同じように人の子であり、人の親であるにちがいありませんよ」

「そうですよねえ……」

菊代はいとおしそうに札束を撫でていたが、ふと気がついて、言った。

「でも、警察に届けたら、犯人が捕まって、これも没収されちゃったりしませんか？」

「いや、それは大丈夫です。犯人は絶対に捕まりませんからね」

浅見は自信たっぷりに答えた。

「そうなんですか？　捕まらないんですか？……」

菊代は不思議なものを見る目で、浅見の少し悲しげな顔を見つめた。

その夜、『対角線』で細野の四十九日を悼む集会があった。浅見も誘われて、中野坂上の寿司屋の二階に顔を出した。

少し遅れて行ったので、寿司はあらかた食い尽くされ、ビールは一滴も残っていない状態であった。

「やあ、名探偵さん、その後、事件のほうはどうですか?」

お寺の跡継ぎの富野が、揶揄するような口調で言った。

「いえ、だめですね」

浅見は苦笑しながら、首を横に振った。

「でしょうなあ、警察もさっぱりだっていうくらいだもの、素人探偵じゃ、手も足も出ないよねえ」

「でも、さっき電話でお悔みを言ったら、細野さんの奥さんは、浅見さんにすっごく感謝してるって言ってましたよ」

江梨香が唇を尖らせて言った。浅見のためにムキになっているようで、会員たちはびっくりした目を見交わした。

「ほんとは浅見さん、かなりのところまで謎を解いたんじゃないかって、私は思うんですけど、違いますか?」

「ははは、だといいんですけどね」

浅見は笑って、お辞儀をするように頭を下げ、それっきり何も言わなかった。

江梨香はじれったそうに、そういう浅見の横顔を睨みつけている。

会の終わり近く、浅見は江梨香にさり気なく訊いてみた。

「そういえば、元皇族の令息と結婚する女性は、その後、どうなりました？」

「ああ、長谷川希美さんのこと？　あれは結局、だめになったみたい。そうだわ、だから浅見さんにもチャンスがあるかも。紹介してあげましょうか？」

「いえ、それには及びません」

浅見はニコリともせずに手を振った。


それから何日か経って、若狭の比良真佐子から届いた手紙に、長淵の死を新聞で読んだと書いてあった。

思いがけないことが二つ重なりました。長淵さんの不幸と、それから千石友枝さんからのお便りです。長淵静四郎さんというお名前と、お年恰好（としかっこう）からいっても、あの長淵さん（小説ではN少尉と書きました）に間違いないと思います。あの方があああいう亡くなり方をしたことに、何か重いものを感じてしまいました。あの城ヶ崎でのことを思い返して、もしかすると、事故は本当は自殺ではなかったのかしら？　などと考えたりもしております。城ヶ崎で見た長淵さんの黒い姿には、まるで死神にとりつかれたような暗さがありましたもの。

その記事を読んだ二日後、千石友枝さんからお便りをいただきました。憶えておいででしょうか？　舞鶴でご一緒していた看護婦さんで、長淵さんに捨てられたとお話しした方です。友枝さんはじつはしばらく前から私の住所を知っていらっしゃったそうです。でも昔のことに触れたり触れられたりするのが煩わしいと思って、手紙を出しそびれていらしたのだそうです。その友枝さんが長淵さんの記事を読んで、思いきってお便りをくださったのです。友枝さんは、長淵さんのお墓参りに行きませんかと誘ってくださいました。私もそうしたいと思っております。遠くからでも、そっと手を合わせて参りたいと思っております。

若狭はまだ寒い日もありますけれど、ずいぶんと春めいて、梅も山の上の方まで咲き揃いました。もうじき三方湖の水もぬるんで、これからがいちばんいい季節です。お忙しいことと存じますが、ぜひまた当地にもお越しくださいませ。

浅見の脳裏には、三方五湖の箱庭のように慎ましやかで穏やかな風景が蘇った。そこに暮らす人びとの気風も、その風景と同じようにのどかで優しい。

そういう気風のせいか、歴史的にいうと、若狭はいつの時代も、ほとんど政争や戦争の埒外にあって、ごくまれに外敵と戦うと、必ず敗れたそうだ。

しかし、考えてみると、はげしく、猛々しく、活気に満ちたものはいつか滅びる。勝つことを願わないもののみが、いつまでも穏やかに息づきつづけるのかもしれない。

浅見はふと、言いようもなく、若狭への旅の衝動に駆られた。

自作解説

本書『若狭殺人事件』は平成四年二月二十九日付で「カッパ・ノベルス」(光文社)として刊行されています。その直後の三月十四日に『風葬の城』(講談社)を、さらに七月十五日には『朝日殺人事件』(実業之日本社)を出していますが、じつは、この三作品は同じ旅程の中で取材したものでした。いや、正確にいえばもう一つ、当時「週刊読売」に連載中だった『透明な遺書』(読売新聞社・講談社)の追加取材も兼ねていました。

『透明な遺書』と『風葬の城』は福島県会津地方が舞台の一部になっている関係で、まず会津若松市で二泊したのを皮切りに、『朝日殺人事件』で新潟——富山、『若狭殺人事件』で石川——福井——京都と移動。作品ごとに担当編集者が僕の身柄をバトンタッチするという、六府県に跨る七泊八日のきわめて効率的、かつハードな大旅行でした。

もっとも、取材はそのときだけでは満足できず、いずれの土地も追加取材を行なっています。とくに若狭地方には後に単独で出掛け、作中に「宿泊施設つき駐車場」と紹介したホテルに泊まったりしました。もちろん、すべてソアラを駆っての旅です。公共交通機関を利用するか、マイカーで行くかは一長一短でどちらがいいとも言えませんが、自分の意思で取材先を掘り起こすためには、なるべくマイカーを使ったほうがよさそうです。編集者がお膳立てをしてくれたルートを、たとえばタクシーなどで動くのは楽だし、効率的かもしれませんが、どうしても観光パンフレットのコースをなぞるような傾向が強い。話を聞くにしても、取材目的となると、相手側にはそれなりに身構えのようなものが生じるし、いいところだけを見てもらおうという気持ちになるかもしれません。

そこへいくと、独り気儘に動く旅は、疲れるし無駄も多いが、予期せぬ出来事に遭遇するチャンスは限りなく広がります。三方町の役場に立ち寄って、ひょんな話から発展して、町内に住むエッセイストの原政子さんに会えたことなど、公式めいた取材からは得られなかったでしょう。

ところで、この作品も僕の他の多くの作品と同様、プロットの準備なしで書き進められました。物語は若狭の日向湖で行なわれる正月の神事「水中綱引き」の最中、橋の下の水路に他殺死体が流れてくるプロローグで幕を開けます。しかし、本筋のほうは第一章から東京が舞台で、広告代理店の社員で同人雑誌のメンバーである細野久男が殺された事件のほうを追いかけていきます。このまったく無関係の二つの殺人事件が、やがてクロスしてゆくのですが、どこでどうやって繋がるのか、執筆中、たえず不安を抱いていたものでした。この「解説」を書くためにカッパ・ノベルス版を改めて読んでいるのですが、正直なことを言うと、物語の展開がなかなか思い出せない。自分で書いた作品であるにも関わらず、まるではじめて出会った他人の作品を読むような好奇心に駆られて、先へ先へと読み進めました。

水中綱引きの行なわれる現場は第一回、第二回とも取材に訪れました。どちらも季節はずれだったために実物は観ることはできなかったけれど、ビデオを借りたり、土地の人の話を聞いて参考にさせてもらいました。日向の集落の描写はほぼありのままで、橋のたもとの小さな店のおばさんも実在します。

その水中綱引きの真っ最中に死体が流れてきたら――と思いついたのを、そのままプロローグに書いたのはいいけれど、それがあとでどうなるのか、ちゃんとした腹案があったわけではありません。

同様に、第一章を樹村昌平のパーティから書き起こしたのも、かなり場当たり的なものでした。ちょっとミステリーに詳しい読者なら、「樹村」がミステリー作家の「野村正樹」さんに似ていることに気がつくでしょう。実際、その書き出しは、京王プラザホテルで開かれた野村さんのパーティによばれたときの情景をヒントに書きました。

『対角線』というミステリー同人誌は、べつにモデルがあるわけではありません。僕はミステリーに限らず、同人誌というものに関係したことがないので、あまりよく知りませんが、作中に書いたように同人同士がたがいにけなし合う状況はありそうで、切磋琢磨する環境は羨ましいと思っています。「比良真佐子」のイメージのモデルになった原さんが所属している金沢の同人誌は純文学系で、掲載されている作品は、売文業者の僕の目には眩しいほど立派でした。

若狭といえば原発を抜きにしては語れません。この作品では原発を若狭の一つの象徴としてとらえるにとどまりましたが、取材対象としてはむしろそっちのほうに重点を置いた気味があります。当時、まだ建設中だった「もんじゅ」にも行ってみましたが、門内には入れてもらえず、引き返しました。

その「もんじゅ」が数ヵ月前にナトリウム漏れの事故を起こしました。温度計のサヤ管が振動による金属疲労を起こしたのが原因だというのですが、ナトリウムの流れの中に、温度計を棒状に突き出せば振動が起こることは、素人でも予知できそうなものです。こういう「専門なんとか」はいろいろな場面で露呈します。作品の中では外洋ヨットレースのことなども書いていますが、薬害エイズ問題などは「専門なんとか」どころか、素人の言うことなど聞く耳持たぬという、専門家の傲慢から生まれた最悪の犯罪というべきでしょう。

こういった、ストーリーとは直接関係のないエピソードが、この作品にはかなり多く挿入されていることに気づきます。日頃、寡黙な浅見刑事局長ドノまでが「ヤクザの娘の親はヤクザ」と熱弁を揮ったのには、驚かれた読者が多かったかもしれません。

こういう余計な要素が入ることには、純粋本格推理志向の人はご不満らしい。自分で言うのもなんですが、これが内田ミステリーの特徴であることは、あえて否定しません。最後の犯人の罰っし方に対しても、浅見の暴走を指摘されるかもしれませんが、それも僕の一種の「美学」なのです。

さて、若狭と東京と、遠く離れた場所で起きた殺人事件は、運命的な因縁の糸が絡むように、たがいに引き寄せあい、やがて真相が見えてきます。どうなることか――と心配だった僕も、第六章からは自信たっぷり結末を見据えて書いています。それにしても、第七章で『白鳥殺人事件』の芹沢玲子に出会ったのには驚かされました。再読するまで、そういうシチュエーションを書いたこと自体、完全に忘れていたのです。なんだか、浅見が僕の知らない世界を、勝手に生きているような気がしてなりません。

一九九六年三月二十九日

著　者

講談社文庫のためのあとがき

本書『若狭殺人事件』はいまからおよそ二十年前、一九九一年の末頃に執筆された作品です。若狭地方への取材は初めてで、見る物すべてに好奇心をくすぐられた記憶があります。とりわけ、若狭には当時としてはまだ珍しかった原子力発電所の建設がいくつも進められていて、当然のことのように取材の対象にしました。敦賀半島の東岸には敦賀原発があり、後に冷却水を通すパイプの亀裂から放射能漏れを起こすことになる「もんじゅ」があります。その「威容」を眺めてから美浜原発の近くにある原子力のPRセンターに立ち寄り、職員のレクチャーを受けました。作品の中にも書いているように、若い真面目そうな青年が、日本のエネルギー行政に原発がいかに必要かを熱っぽく語るのを聞いて、頼もしく思ったものです。その職員に限らず、電力会社の従業員はもちろん、国民の大多数が彼と同じように国の推し進める原発に理解を示し、その必要性を認めていたと思います。その背景には、為政者はもちろん、大半の学者や専門家たちが百家争鳴のごとく原発の安全性を保証していたことがあります。少数の人々が強く反対するのを、政界や財界、学界の大多数が寄ってたかって圧しつぶしたと言っても過言ではないでしょう。そうして「原子力平和利用」の美名のもと、原発の建設は急速に進みました。とはいえ、国民の気持ちのどこかには、かすかに危惧の念があったことは事実です。それにもかかわらず原発建設を許したのは、資源のない日本では原発にエネルギー源を頼らざるを得ないという「説得」に対抗できなかったからにほかなりません。核の恐怖は単なる杞憂にすぎないと信じたかったのです。

若狭の取材から二十年後、日本は未曽有の震災と津波に襲われ、原発が被災、放射性物質を飛散させました。原発の「安全神話」が仮想のものでしかなかったことが明らかになったのです。声高に安全性を主張していた為政者や企業者や学者たちは右往左往するばかり。消極的とはいえ国の方針を受容していた国民の多くは惨状を前に、ただ沈黙し耐えるばかりです。この状況はどこか、あの敗戦後の光景を思い起こさせます。そう思うと、PRセンターで頰を紅潮させて原発推進を語った職員が、日本の勝利を信じて戦争完遂を叫んでいた青年将校の姿と重なるような気がしてなりません。

二〇一一年秋

内田康夫

解説

山前　譲（推理小説研究家）

若狭の三方五湖のひとつである日向湖で、毎年一月に行われる神事が、国指定の無形民俗文化財である「水中綱引き」だ。その年も観光客で賑わうなか、いつものように始まった。ところが神事の最中、なんと水中から他殺体が発見される。

そして翌年、東京は高島平近くの路上で、広告代理店に勤める細野の死体が発見された。死因は絞殺だった。細野はミステリーの同人誌『対角線』のメンバーで、久しぶりに発表した若狭を舞台にしての短編「死舞」が、高評価を得たばかりだった……。

浅見光彦シリーズの最大の魅力は、言うまでもなく名探偵のキャラクターである。長身で爽やかな容姿と心優しい性格、そして人間味溢れた鋭い推理……男性読者にとってはちょっと（かなり？）嫉妬してしまうところだが、女性にたいしてはかなり奥手なので、許すことにしよう。

その浅見光彦の事件簿で、旅情が最も重要なキーワードとなっているのも、あらためて言うまでもない。すでに四十七都道府県のすべてに足跡を残してきた数々の探偵行で、我々は日本各地の魅力にあらためて気付かされてきた。

光文社文庫ではすでに、その旅情に着目した〈浅見光彦×日本列島縦断〉シリーズとして、『長崎殺人事件』、『神戸殺人事件』、『天城峠殺人事件』、『横浜殺人事件』、『津軽殺人事件』、『小樽殺人事件』の六作を刊行している。これらの長編で北から南まで、日本各地の旅情にたっぷり浸ることができたはずだ。

その旅情と並んで、浅見光彦シリーズの重要なキーワードとなっているのが歴史である。ルポライターとしての仕事のホームグラウンドは『旅と歴史』だが、この誌名が彼の探偵行の特徴を端的に表しているだろう。日本全体の歴史、舞台となった土地ごとの歴史、登場人物それぞれの歴史の三つを座標軸にして、立体的な広がりを見せていく物語が、浅見光彦シリーズをユニークなものとしてきた。

その歴史に注目した光文社文庫の新しいセレクションが、天海僧正の伝説にまつわる『日光殺人事件』を最初とする〈浅見光彦×歴史ロマン〉SELECTIONだ。以下、北陸の景勝地を舞台にしたこの『若狭殺人事件』、そして秋田県雄勝町で催された小野小町にまつわる祭りに死が訪れる『鬼首(おにこうべ)殺人事件』と続く。

ひと口に歴史と言っても、我々が関係するのはさまざまである。もっとも長い歴史は紛れもなく宇宙の歴史だ。その誕生であるビッグバンは約百三十八億年前に起こったとされている。そして我が地球は四十六億年前に形成されはじめ、現在の人類が登場したのは二十万年前くらいだという。

日本列島がほぼ現在の地形となったのは二万年ほど前で、旧石器時代、縄文時代、弥生時代、古墳時代を経て、しだいに国家としてのまとまりをみせていく。ただ、浅見光彦シリーズの『箸墓幻想』でも取り上げられていた邪馬台国など、日本の歴史はまだまだ謎を秘めている。

現在の福井県の西南部である若狭国が設置されたのは七世紀だという。日本海では珍しいリアス式海岸の若狭湾は良港に恵まれ、奈良時代から海産物や塩を都に供する地域として栄えた。「鯖街道」と称され都への街道は、海産物などの食材だけではなく、さまざまな物資や人の交流のルートとなり、若狭地方に文化をもたらした。

二〇一六年、新たな国民の祝日が設けられた。八月十一日の「山の日」である。一九九六年に「海の日」がすでに施行されているから、これで山と海の両方が休日となったわけである。

地図を見て明らかなように、日本はまさしく島国だ。北海道、本州、四国、九州のほか、大小さまざま、七千余りの島によって構成された国家である。その一方で日本は、山国なのだ。富士山を最高峰に、日本アルプスなど高峰が連なっている。
その視点から見ると、浅見光彦シリーズでは山よりも海のほうが目立っているのではないだろうか。『軽井沢殺人事件』や『日光殺人事件』のような高原リゾート地が舞台の作品や、『天河伝説殺人事件』や『恐山殺人事件』、あるいは『熊野古道（くまのこどう）殺人事件』といった山岳地帯を舞台にした作品もたしかにある。けれど、登山シーンなどまったくない！

それは高所恐怖症のせい……とは断定できないにしても、海に面した地域を舞台にした作品の多いのは間違いないだろう。『赤い雲伝説殺人事件』、『不知火海』、『鯨の哭（な）く海』、『しまなみ幻想』などのほか、特に注目すべきは、〈島〉を舞台にした作品だ。『佐渡伝説殺人事件』、『江田島殺人事件』、『隠岐伝説殺人事件』、『姫島（ひめしま）殺人事件』、『氷雪の殺人』、『贄門島』、『棄霊島』、『神苦楽島』と、浅見光彦シリーズのなかで大きな作品群をなしている。三千メートル級の高峰は、近寄りがたいという意味では密室だが、島もまた密室状況の舞台である。それはミステリー的にじつに魅力的なのだ。

さらには、『貴賓室の怪人「飛鳥」編』みたいな洋上を舞台にした作品もあるし、『黄泉から来た女』のように山と海の両方を舞台にした作品もある。そして、『鞆（とも）の浦（うら）殺人事件』、『志摩半島殺人事件』、『琥珀の道（アンバー・ロード）殺人事件』といった、『若狭殺人事件』と同じようにリアス式海岸を舞台にした作品もあるのだ。日本のリアス式海岸の多くが国立公園や国定公園に指定されている景勝地なのだから、浅見光彦シリーズの舞台となるのは必然だった。

とすれば、浅見光彦は「山彦」ではなく、「海彦」だと断言してもいいのではないだろうか。さらに、そうした海にまつわる作品として、そして若狭にまつわる作品として『化生の海』も挙げておきたいが、本書『若狭殺人事件』の発端となっているのは、若狭地方の景勝地として知られる三方五湖だ。

その名の通り、三方湖、水月湖、菅湖、久々子湖、日向湖の五つの湖で構成されている。五湖はすべてつながっているにもかかわらず、淡水湖、海水湖、汽水湖とそれぞれに違った性質を持つ。また、同じ汽水湖でも、海水と淡水の比率が違っているせいで、五つの湖の湖面の色は微妙に違っているのだという。若狭湾国定公園に属し、二〇〇五年にはラムサール条約指定湿地に登録されている。

その三方五湖のひとつである日向湖で毎年一月に行われるのが、豊漁を祈願する「水中綱引き」だ。疫病や災難をもたらした大蛇を追い払う神事として伝えられているが、史実的には、寛永十二（一六三五）年、若狭湾と日向湖を結ぶ水路の完成を祝して行われたのが発端らしい。

かつては一月十五日に開催されていた神事は、現在では一月の第三日曜日に行われている。綱引きという言葉から、運動会のような綱引きをイメージするかもしれないが、実際には、運河の両岸にくくりつけられた藁の綱を、東西二組に分かれて引く。どちらか一方が引きちぎったところで、その綱を海の神に捧げるために外海へと流すのだ。

そうした神聖な行事の最中に死体が発見されたら、誰もが驚くことだろう。被害者の身元はしばらく経ってから東京の金融ブローカーと分かったが、捜査はまったく進展していない。そこに細野の死の謎を追う浅見光彦が訪れる。日向湖での事件は新たな展開を迎えるのだった。

それは軽井沢のセンセの依頼によってなのだが、まず訪れているのは「美浜原子力センター」だ。『若狭殺人事件』は一九九二年二月にカッパ・ノベルスの一冊として書下ろし刊行された長編だが、当時の若狭湾一帯は、敦賀発電所、美浜発電所、高浜発電所、大飯発電所、さらには新型転換炉「ふげん」や高速増殖炉「もんじゅ」と、多数の原子炉が稼働していた。その現状を浅見光彦はまず取材しているのだ。

二〇一一年三月の東日本大震災以後、日本の発電体制について大きな見直しがなされてきたが、『若狭殺人事件』はけっして歴史の一齣ではなく、将来につながる歴史を語っている。

そして、名探偵の推理の展開のなかで、もうひとつの若狭の歴史に焦点が絞られていく。ミステリーとして詳しく触れるわけにはいかないが、これもまた日本の歴史のなかで忘れてはならない事実だ。そこに注目した名探偵の推理によって、しだいに真犯人の姿が忽然と浮かび上がってくる。前半に仕掛けられた伏線の妙と、浅見光彦ならではの事件の収束がじつに印象的だ。

浅見光彦シリーズでは、ヒロインの存在を欠かすことができない。ここで浅見光彦の心をときめかすのは『対角線』の同人の諏訪江梨香だ。と同時に、ある作品で女性読者の嫉妬心を駆り立てたに違いないあのヒロインが再登場しているのも、読み逃してはならないところだろう。

さらに言えば、宿泊した小浜の街にたいする浅見光彦の正直な感想も、シリーズの特徴かもしれない。小浜は一度訪れたことがある。地元の人に代わって弁護すれば、その時宿泊した旅館の食事（もちろんそれなりに宿泊費はかかったけれど）はじつに美味であり、小浜湾遊覧も堪能できた。「海」が好きな人にはお勧めの観光地である。

『若狭殺人事件』の取材の様子は巻末の自作解説等に語られているが、初刊本では以下のような「著者のことば」を寄せていた。

若狭を旅していると、なんだかこの世のものではないような気になってくる。あくせくした現世から、のびやかで優しい彼岸へと紛れ込んだような、救われた気分である。小浜は平安時代以前からの古刹の多い街だが、権謀術策渦巻く京都の裏にひそやかな若狭があることで、古びとは心の平穏のよすがを求め得たのかもしれない。三方五湖の穏やかなたたずまいや、勝つことを希わない人々の、慎ましやかで、どこか哀しげな風土や人情に触れながら、邪悪なエトランゼは、よからぬ物語を綴ったのである。

若狭の風土とそこに暮らしてきた人々の思いが色濃く投影されたこの長編は、読者それぞれに違った余韻を響かせるかもしれない。

※この作品を書くにあたり、福井テレビジョン放送、美浜町役場、三方町役場（現・三方庁舎）、小浜市役所、舞鶴市役所と三方町（現・若狭町）の原政子氏（エッセイスト）にお世話になりました。厚く御礼申し上げます。
※現地の風景、施設及び社会情勢、人物、団体名等については、取材当時の状況に依っていますが、あくまでフィクションであり、実在するものとはまったく関係ありません。（著者）

※『若狭殺人事件』は一九九二年二月にカッパ・ノベルス（光文社）として書下ろしで刊行され、一九九六年五月に光文社文庫に収録された作品です。
※「自作解説」は光文社文庫版から再録、「講談社文庫のためのあとがき」は講談社文庫版から再録し、「解説」は新装版の刊行にあたって新たに追加いたしました。
※また、今回の新装版の刊行にあたって、文字を大きく読みやすくするため、本文の版を改めました。（編集部）

光文社文庫

長編推理小説
若狭殺人事件　〈浅見光彦×歴史ロマン〉SELECTION
著者　内田康夫

2016年9月20日　初版1刷発行

発行者　鈴木広和
印刷　慶昌堂印刷
製本　榎本製本

発行所　株式会社 光文社
〒112-8011　東京都文京区音羽1-16-6
電話（03）5395-8149　編集部
8116　書籍販売部
8125　業務部

ISBN978-4-334-77353-3　Printed in Japan

組版　萩原印刷

Uchida Yasuo

内田康夫

〈日本の旅情×傑作トリック〉セレクション

新たな装いと大きな文字で贈る
国民的ミステリーの真髄！

多摩湖畔殺人事件

津和野殺人事件

遠野殺人事件

倉敷殺人事件

白鳥殺人事件

光文社文庫